R. A. Montgomery/Fabian Lenk

1000 GEFAHREN
DU ENTSCHEIDEST SELBST!

# 1000 Gefahren in den Tiefen des Meeres

Ravensburger Buchverlag

Sonderausgabe
Als Ravensburger Taschenbuch
Band 54278
erschienen 2006

Die Ausgabe enthält die beiden Bände
„Auf der Suche nach Atlantis“ (52226)
von R. A. Montgomery und
„Das Meer der 1000 Gefahren“ (52273)
von Fabian Lenk,
erstmals erschienen 2002 und 2005
im Ravensburger Buchverlag


Die englische Originalausgabe erschien 1977
bei Bantam Books, a division of Bantam
Doubleday Dell Publishing Group Inc.,
New York unter dem Titel
„Journey under the Sea“
in der Reihe „Choose your own Adventure“ # 2


Umschlagillustration: Stefani Kampmann



**Printed in Germany**

**1 2 3 4 5 10 09 08 07 06**

**ISBN-13: 978-3-473-54278-9
ISBN-10: 3-473-54278-4**

**www.ravensburger.de**

R. A. Montgomery

# Auf der Suche nach Atlantis

Aus dem Amerikanischen
von Ellen Oberlies

Mit Illustrationen von Alexander Schütz

# Warnung!

Dieses Buch ist nicht wie andere Bücher, die du bisher gelesen hast. In dieser Geschichte entscheidest du, was als Nächstes geschieht. In diesem Buch stecken viele verschiedene Geschichten, sodass du es immer wieder lesen kannst und es trotzdem jedes Mal anders ausgeht.

Doch Vorsicht: In diesem Buch stecken auch zwei verschiedene Bände der „1000 Gefahren“. Beide sind unabhängig voneinander durchnummeriert, sodass es jede Seitenzahl zweimal gibt. Darauf solltest du achten, wenn du eine Entscheidung getroffen hast und zu der angegebenen Seite blätterst.

Und jetzt viel Spaß!

## 8

Du bist Tiefseeforscher und du machst dich gerade auf den Weg, die Tiefen der Ozeane zu erforschen. Dies ist dein bisher schwierigster Auftrag, denn du sollst die verschollene Insel Atlantis finden. Es ist früh am Morgen, die See ist ruhig und die Sonne geht gerade auf. In deiner Spezialausrüstung kletterst du in die Pilotenkabine der Unterwasserkapsel *Seeker* und die Mannschaft des Forschungsschiffs *Maray* schraubt die Lukenklammern von außen fest. Nun beginnt die Reise in die unendlichen Tiefen des Ozeans. Die Kapsel sinkt an einem dünnen, trotzdem starken Kabel hinab und innerhalb weniger Minuten bist du so weit unter Wasser, dass kaum noch Licht zu dir dringt. Es herrscht eine unheimliche Stille und du sinkst immer tiefer und tiefer. Du blickst durch die dicke Glasscheibe nach draußen und siehst Fische vorbeischwimmen. Manchmal halten sie an, um dich, einen Eindringling aus einer anderen Welt, anzusehen.

**Lies weiter auf Seite 9**

Nun ist das Kabel, das deine Kapsel mit der *Maray* verbindet, fast vollständig abgerollt. Von hier aus, einem Riff in der Nähe des Canyons am Meeresboden, sollst du dich auf die Suche nach der verschollenen Insel Atlantis machen.
Dein Tauchanzug liegt neben dir. Du musst ihn anlegen, sobald du die *Seeker* verlässt. Mit diesem speziellen Anzug bist du vor dem starken Druck in der Tiefe bestens geschützt. Die *Seeker* hat einen eigenen Antrieb, also kannst du dich vom Verbindungskabel der *Maray* lösen, wenn du auf dem Meeresgrund umhergehen möchtest. Du befindest dich jetzt in einer ganz anderen Welt.

**Wenn du das Riff erkunden willst,**
**auf dem die Kapsel zum Stehen gekommen ist,**
**lies weiter auf Seite** **12**

**Machst du dich von der Maray los und tauchst**
**mit der Kapsel in den Canyon am Meeresboden?**
**Lies weiter auf Seite** **11**

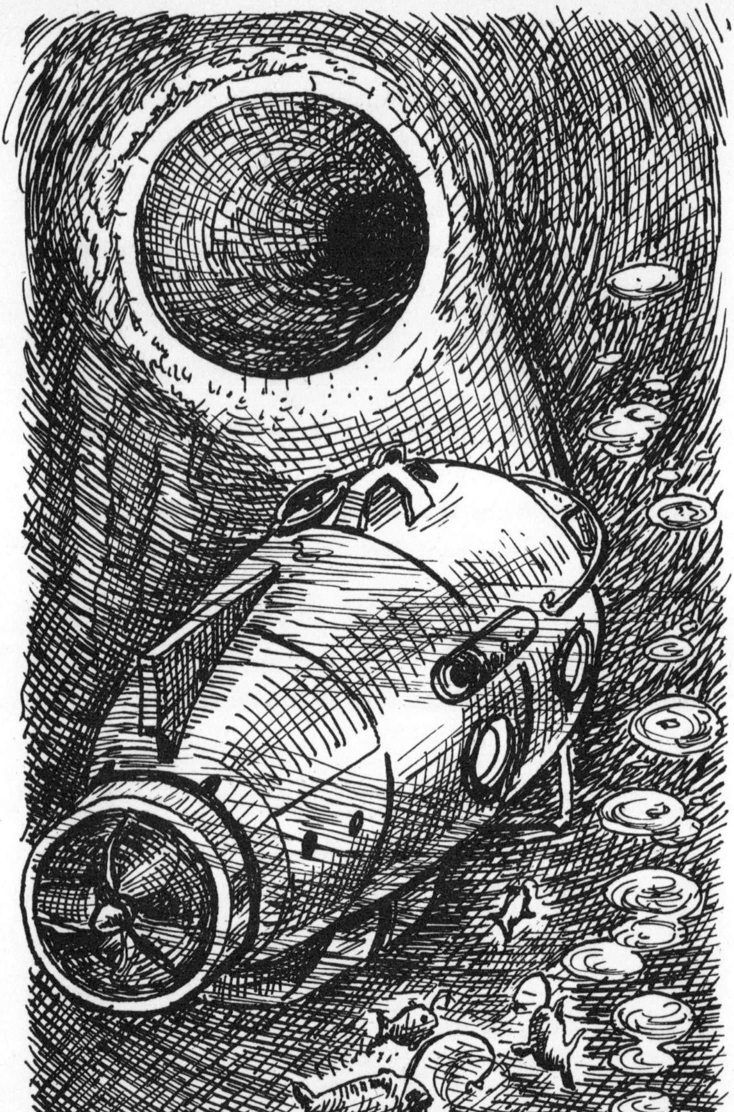

Du funkst einen Lagebericht zur *Maray* und informierst deine Leute, dass du das Kabel losmachen und allein tiefer nach unten gehen willst. Dein Plan wird genehmigt, du löst das Kabel und die Kapsel gleitet lautlos in den Meerescanyon. Dort bist du ganz auf dich selbst gestellt.
Als du den starken Suchscheinwerfer der *Seeker* anschaltest, erkennst du direkt vor dir eine dunkle Wand, die mit einer seltsamen Art Rankenfußkrebse bedeckt ist. Auf der linken Seite entdeckst du eine riesige Grotte, deren Eingang kreisrund ist, als sei er von Menschenhand geschaffen.
Laternenfische schwimmen um dich herum und schimmern in einem unheimlichen blassgrünen Licht. Rechts von der Kapsel entdeckst du etwas sehr Merkwürdiges. Erst als du nahe genug bist, siehst du, dass es Blasen sind, die in gleichmäßigen Abständen vom Boden des Canyons aufsteigen.

**Möchtest du erkunden,
was es mit diesen Blasen auf sich hat?
Lies weiter auf Seite** 14

**Wenn du die Grotte mit dem
runden Eingang untersuchen willst,
lies weiter auf Seite** 15

Dein Tauchanzug ist ziemlich eng und es dauert eine Weile, bis du ihn angezogen hast. Endlich gleitest du durch die Luftschleuse der Kapsel und stehst auf dem Meeresboden. Du befindest dich in einer fremden, fantastischen Welt, in der du dich anfangs nur ganz langsam fortbewegen kannst. Du holst deinen Scheinwerfer und machst dich auf Entdeckungsreise. Plötzlich schießt ein Schwarm hellgelber Segelflosser an dir vorbei. Warum schwimmen sie so schnell? Werden sie etwa gejagt?

Auf einmal siehst du, warum: Die *Seeker* ist in den Fängen eines riesigen Seeungeheuers. Es erinnert an einen Tintenfisch, ist aber viel größer und sieht gefährlicher aus. Die Kapsel wirkt wie ein Kinderspielzeug zwischen seinen langen, mächtigen Tentakeln. Schnell versteckst du dich hinter einigen Felsblöcken und überlegst, was zu tun ist. Dir ist klar, dass deine Harpune im Kampf gegen dieses Monster völlig nutzlos ist. Es sieht ganz so aus, als wolle das Untier deine Kapsel zerstören. Immer mehr Fische schwimmen Schutz suchend um dich herum.

**Willst du dich in der Nähe der Kapsel verstecken?**
**Lies weiter auf Seite 16**

**Wenn du, in der Hoffnung, dass die Rettungsmannschaft dich entdecken wird, wegschwimmen möchtest,** **lies weiter auf Seite 18**

Vorsichtig manövrierst du die *Seeker* zwischen die Wände des Canyons.
Auf dem Boden angekommen, betrachtest du das Loch, aus dem die Blasen aufsteigen. Was ist darunter wohl verborgen? Mit den Analysegeräten der Kapsel kannst du die Zusammensetzung der Blasen untersuchen. Du hast außerdem ein Echolot, das die Tiefe von Kratern messen kann.

**Wenn du die Blasen näher untersuchen möchtest, lies weiter auf Seite 17**

**Willst du mit dem Echolot die Tiefe des Kraters messen? Lies weiter auf Seite 21**

Du steuerst die Kapsel durch die runde Öffnung der Grotte. Innen beleuchtet dein Scheinwerfer an den Seiten der Höhle etwas, das wie eine Kaimauer aussieht. Leider ist der Scheinwerfer der Kapsel nicht besonders stark. Mit deinem speziellen Laserlicht könntest du die Grotte zwar taghell erleuchten, doch man kann dieses Laserlicht nur zweimal für kurze Zeit benutzen, bevor es an Bord der *Maray* wieder aufgeladen werden muss. Und das Schiff befindet sich fast siebenhundert Meter über dir.

**Wenn du das Laserlicht dennoch benutzen willst, lies weiter auf Seite 22**

**Willst du tiefer in die Grotte eindringen? Lies weiter auf Seite 20**

16

Der Riesentintenfisch schleudert deine Kapsel heftig hin und her, doch dann wird ihm sein neues Spielzeug langweilig und er macht sich davon. Als die Flutwelle, die er ausgelöst hat, nachlässt, wagst du dich aus deinem Versteck hervor und siehst nach, ob die *Seeker* beschädigt ist.

Als du wieder in das Innere der Kapsel willst, stellst du mit Entsetzen fest, dass die Eingangsschleuse klemmt. Voller Panik begreifst du, dass du ausgesperrt bist. Doch die Mannschaft der *Maray* hat schon vermutet, dass etwas nicht in Ordnung ist, weil du dich nicht regelmäßig über Funk gemeldet hast. Deshalb haben sie eine Rettungsplattform zu dir hinuntergelassen. Du kletterst hinauf und bittest deine Leute über Funk, dich nun nach oben zu ziehen. Um die Taucherkrankheit – die Entstehung von Gasbläschen in deinem Körper wegen einer zu raschen Druckverminderung – zu vermeiden, holen sie dich sehr langsam nach oben.

Gerade als sich die Plattform in Bewegung setzt, taucht der riesige Tintenfisch wie aus dem Nichts wieder auf und steuert genau auf dich zu.

**Greifst du den Tintenfisch mit deiner Harpune an, um ihn zu verjagen? Lies weiter auf Seite** **23**

**Wenn du der Maray funkst, dass sie dich so schnell wie möglich nach oben ziehen und dabei das Risiko der Taucherkrankheit eingehen sollen, lies weiter auf Seite** **24**

Du zwängst dich in deinen engen Tauchanzug und untersuchst außerhalb der Kapsel die Blasen mit deinem Spezialanalysegerät. Bei deiner Arbeit stößt du versehentlich gegen das Ventil, das die Antriebsluft für den Aufstieg der Kapsel komprimiert. Deine Neugier, die Blasen zu untersuchen, ist im Moment größer als die Angst, mit der Kapsel nicht mehr nach oben zu kommen. Diese Blasen enthalten zu deinem Erstaunen einen hohen Anteil Sauerstoff und keinerlei giftige Gase. Vielleicht kommen sie aus einer Schicht unterhalb des Meeres, in der menschenähnliche Wesen leben könnten! Vielleicht kommen sie ja sogar direkt aus der Stadt Atlantis!
Mit deinem Bohrer könntest du das Loch, aus dem die Blasen steigen, erweitern, um anschließend mit der Kapsel hineinzufahren. Doch plötzlich fällt dir siedend heiß ein, dass die *Seeker* ja ihren Aufstiegsantrieb verloren hat. Möglicherweise kannst du die Luftblasen einfangen und diese als Auftrieb für die Kapsel nutzen.

**Wenn du versuchst, mit den Luftblasen, die aus dem Loch aufsteigen, die Tanks der Seeker zu füllen, lies weiter auf Seite 30**

**Erweiterst du mit dem Bohrer das Loch? Lies weiter auf Seite 28**

Ganz vorsichtig kletterst du an den Wänden des Canyons hoch, um wieder nach oben zu gelangen. Die *Seeker* lässt du in den Fängen des Riesentintenfisches zurück. Du möchtest mit Hilfe eines Farbmarkers ein Notsignal senden. Der Marker wird an die Wasseroberfläche steigen und sich dort zu einem großen hellgelben Fleck auf der Wasseroberfläche ausbreiten. Deine Leute auf der *Maray* wissen, dass sie immer nach solchen Notsignalen Ausschau halten müssen, um rechtzeitig eingreifen zu können.
Endlich erreichst du die Oberkante des Canyons und bist in Sicherheit – doch was ist das? Ein riesiger Hai kommt in immer kleiner werdenden Kreisen auf dich zu. Er hat dich bereits gesehen und zweifellos hat er dich als seine Beute auserkoren. Blitzschnell überlegst du, was zu tun ist. Wenn du den Notantrieb auslöst, wirst du rasch zur Oberfläche befördert, doch der Hai ist ebenfalls sehr schnell. Er könnte dich trotzdem erwischen. Außerdem bist du dir dessen bewusst, dass das schnelle Auftauchen sehr gefährlich sein kann.

**Löst du den Notantrieb aus, um so schnell wie möglich an die Wasseroberfläche zu gelangen? Lies weiter auf Seite 27**

**Wenn du abwarten willst und darauf hoffst, dass sich der Hai abwendet, lies weiter auf Seite 25**

Lautlos fährst du in die Grotte hinein. Das Dach führt nach oben und du folgst der Biegung. Der Tiefenmesser zeigt, dass es ziemlich schnell aufwärts geht. Vielleicht kommst du auf diesem Weg wieder an die Oberfläche. Doch dann ändert sich plötzlich die Richtung. Was ist denn das? Vor dir befindet sich eine Luke, die aus einem Material besteht, das du noch nie zuvor gesehen hast. Du versuchst, sie mit dem Greifarm der *Seeker* zu öffnen, doch es will dir nicht gelingen. Nach einer Weile schickst du verschiedene Funksignale durch die Tür, in der Hoffnung, mit jemandem auf der anderen Seite Kontakt aufnehmen zu können.

**Willst du die Luke mit einer Sprengladung öffnen?**
**Lies weiter auf Seite** **32**

**Wenn du weiter Funksignale**
**durch die Tür senden möchtest,**
**lies weiter auf Seite** **34**

Du manövrierst die *Seeker* neben das Loch und versuchst, mit dem Echolot seine Tiefe zu bestimmen. Zu deinem großen Erstaunen gibt das Gerät an, dass das Loch außergewöhnlich tief ist – es könnte vielleicht sogar bis zum Mittelpunkt der Erde reichen!
Was ist dort unten verborgen? Woher kommen die Luftblasen? Befindet sich die Stadt Atlantis vielleicht direkt unter dir?
Dann entdeckst du etwas Beunruhigendes auf dem Kontrollschirm. Es hat ein leichtes Erdbeben gegeben. Die *Seeker* ist zwar unbeschädigt, doch das Beben könnte eine Flutwelle an der Wasseroberfläche auslösen und deine Leute auf der *Maray* zwingen, in ruhigere Gewässer auszuweichen. Einerseits kann es sehr gefährlich sein, jetzt nicht zur *Maray* zurückzukehren und mit ihr wegzufahren, andererseits stehst du vielleicht kurz davor, eine der aufregendsten Entdeckungen in der Geschichte der Menschheit zu machen.

**Steigst du in das Loch hinab?**
**Lies weiter auf Seite** **29**

**Wenn du lieber wieder zur Oberfläche zurückkehren möchtest, lies weiter auf Seite** **33**

Der Schein des Laserstrahls erhellt die gesamte Grotte. Weit hinten entdeckst du ein U-Boot! Vorsichtig steuerst du die Kapsel näher heran. Es ist das U-Boot, das vor mehr als einem Jahr auf geheimnisvolle Weise im Bermudadreieck verschwunden ist. Doch wie kann das sein? Das Bermudadreieck ist über dreitausend Kilometer von hier entfernt!
Das U-Boot sieht unbeschädigt aus, doch es ist über und über mit schleimigen Algen bedeckt. Scharen von Fischen schwimmen hier herum und machen es fast unmöglich, etwas zu erkennen. Doch dann entdeckst du, dass die Hauptluke seltsamerweise absolut frei von Algen ist.

**Wenn du versuchen möchtest,
ins Innere des U-Boots zu gelangen,
lies weiter auf Seite 35**

**Willst du die Grotte genauer erkunden?
Lies weiter auf Seite 37**

Der Riesentintenfisch greift dich an. Zwei 60-Meter-Tentakel versuchen, dich mit ihren pulsierenden Saugnäpfen festzuhalten. Du verlässt die Plattform und feuerst dabei zwei Harpunen auf ihn ab. Sie treffen ihn in der Nähe seiner riesigen Augen, doch der Tintenfisch lässt sich davon nicht aufhalten. Eines der Tentakel schlingt sich um deinen Taucherhelm und beschädigt die Abdichtung zwischen Helm und Anzug. Mit dem Mut der Verzweiflung schießt du deinen letzten Speer ab und hoffst, das Monster damit an einer empfindlichen Stelle zu treffen. Wasser dringt in deinen Anzug und du gerätst in Panik. Du gibst der *Maray* das Signal, dich schnell nach oben zu holen – „Notanhebung". Doch da spürst du, dass das Ungeheuer seinen Griff um deinen Hals lockert, du hast es mit deinem letzten Speer verletzt. Wild um sich schlagend macht es sich davon. Dir wird schwindlig. Du darfst jetzt bloß nicht ohnmächtig werden!
An Deck der *Maray* kommst du wieder zu dir und wirst schnell in die Dekompressionskammer gebracht, um die Folgen des schnellen Aufstiegs so gering wie möglich zu halten. Nach einigen Tagen geht es dir wieder besser und du machst dir Gedanken über deinen nächsten Tauchgang in die Tiefe.

**Brichst du die Expedition hier ab?**
**Lies weiter auf Seite 38**

**Wenn du wieder in die Tiefe möchtest,**
**lies weiter auf Seite 39**

Als sie beginnen, dich schnell heraufzuholen, wirst du fast ohnmächtig. Dir wird ganz schwindlig und deine Arme und Beine werden bleischwer. Du kannst dich nicht mehr auf der Plattform halten und treibst erschöpft im Wasser. Plötzlich schwimmt ein großes Tier auf dich zu – ein Hai? Doch dann erkennst du, dass es sich um einen Delfin handelt. Du weißt, dass diese wunderbaren Tiere schon vielen Menschen das Leben gerettet haben. Wird er dir helfen?

**Wenn du hoffst, dass der Delfin dir hilft, lies weiter auf Seite 40**

**Möchtest du lieber aus eigener Kraft zur Oberfläche schwimmen? Lies weiter auf Seite 43**

Du siehst erleichtert, dass der Hai kehrtmacht, und atmest auf. Doch dann bemerkst du, dass noch mehr Haie auftauchen. Sie umkreisen dich, immer näher und immer schneller. Zu spät. Es gibt kein Entkommen mehr.

## Ende

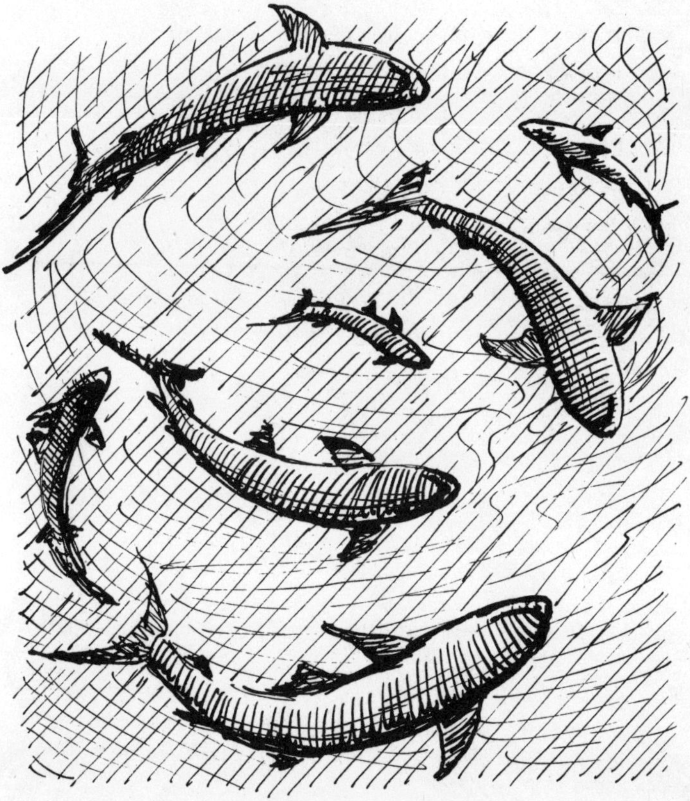

Du schaltest den Spezialantrieb ein und saust durchs Wasser nach oben, wobei du einige Fischschwärme in helle Aufregung versetzt. Dir wird schwindlig und du verlierst die Orientierung. Die Welt steht Kopf. Hoffentlich ist der Hai nicht mehr in der Nähe! Kurz darauf kommst du an die Oberfläche und treibst etwa 800 Meter von der *Maray* entfernt auf dem Wasser.

Die Posten entdecken dich schnell und ziehen dich aus dem Wasser. Doch der schnelle Aufstieg hat dazu geführt, dass deine Lungen stark in Mitleidenschaft gezogen wurden. Es dauert lange, bis du aus der Dekompressionskammer kommen darfst. Als du einen Arzt fragst, wann du wieder tauchen kannst, schüttelt er bedauernd den Kopf: „Ihre Zeiten als Taucher sind vorbei.“ Jemand anderes wird Atlantis finden müssen.

**Ende**

28

Als du mit dem Bohren beginnst, steigen immer mehr Luftblasen auf. Der Luftstrom ist nun stark genug, um an der Meeresoberfläche aufzufallen. Jetzt müsste es möglich sein, die genaue Position des Kraters auch von oben zu bestimmen. Danach könntest du mit den Wissenschaftlern der *Maray* planen, wie ihr am besten vorgehen wollt. Aber es besteht auch die Möglichkeit, das Loch mit der *Seeker* zu erforschen und herauszufinden, woher die Luftblasen kommen! Das ist zwar ein ziemlich riskantes Unterfangen, aber du könntest auf diesem Weg auch Atlantis entdecken.

**Willst du auf Entdeckungsreise gehen?**
**Lies weiter auf Seite** **44**

**Wenn du dich zuerst mit**
**deinen Leuten beraten möchtest,**
**lies weiter auf Seite** **41**

Nachdem du sämtliche Funktionen der Kapsel überprüft hast, beißt du die Zähne zusammen und schaltest auf „Absinken". Nun geht es immer weiter hinunter, so tief, wie noch niemand vor dir getaucht ist. Die Kapsel ist zwar darauf ausgelegt, dem Wasserdruck auch in großer Tiefe standzuhalten, doch du sinkst rasend schnell Kilometer um Kilometer nach unten. Der Druck ist enorm. Es ist stockdunkel und der Tiefenmesser zeigt unglaubliche 25 Kilometer an. Schnell drückst du den Schalter, der dich wieder nach oben bringen soll. Doch plötzlich blinken auf deiner Schalttafel verschiedene Warnlichter auf. Sie zeigen an, dass der Sog nach unten stärker ist als die Motoren der *Seeker*. Du kannst nicht mehr zurück und deine Reise in die finstere Tiefe wird so lange weitergehen, bis die Kapsel vom immer stärker werdenden Außendruck zerquetscht wird.

**Ende**

30

Es gelingt dir wirklich, die aufsteigenden Blasen einzufangen und sie in die Tanks der *Seeker* zu leiten, um damit aufsteigen zu können. Es funktioniert: Langsam hebt sich die Kapsel vom Grund des Canyons und steigt nach oben. Ganze Schwärme bunter Fische werden aufgescheucht und die Wasserpflanzen, an denen du vorbeiziehst, sehen aus wie Palmen, die sich im Wind bewegen. Gerade, als du die Oberkante des Canyons erreicht hast, entdeckst du etwas, das aussieht, als sei es einmal eine Straße gewesen. Die Felsen rechts und links wirken wie Schutzgeländer. Könnte dies der Weg zur verschollenen Insel Atlantis sein? Du wirfst den Anker aus und bereitest dich auf eine genauere Untersuchung vor.

**Lies weiter auf Seite** **12**

32

Die Tür wegzusprengen ist im Moment die einzige Möglichkeit, durch diese hindurchzukommen. Die Laserkanone der *Seeker* ist stark und normalerweise gibt es kein Hindernis, das sie nicht bewältigen könnte. Du bringst die Kapsel in Schussposition und feuerst per Knopfdruck einen mächtigen Laserstrahl auf den Türriegel. Nichts passiert. Also fährst du den Kanonenantrieb auf maximale Leistung und betätigst den Knopf ein zweites Mal. Der Laserstrahl frisst sich regelrecht durch die Tür. Ein Schwall Meerwasser schießt durch das riesige Loch und trägt dich in die Höhle. Dort steigt das Wasser rasend schnell und reißt dich mit. ZU SPÄT! Du hast die falsche Entscheidung getroffen.

**Ende**

Um wieder an die Oberfläche zu kommen, lenkst du die *Seeker* vorsichtig durch den Canyon hindurch. Völlig unerwartet wird die Kapsel von einer Strömung erfasst und in eine Grotte getrieben. Dort schwimmt sie auf eine Metalltür zu. Wie von Geisterhand öffnet sich die Tür. Die Kapsel wird durch den Sog des Wassers hineingezogen. Die Tür schließt sich wieder. Das Wasser in der Grotte fließt ab und du erkennst, dass du dich in einer unterirdischen Kammer befindest.
Eine Tür in der Wand wird unvermittelt geöffnet und zwei Menschen betreten die Grotte. Das Herz schlägt dir bis zum Hals, als einer der beiden dich anspricht: „Willkommen auf Atlantis. Wir haben Sie bereits erwartet."
Vor lauter Freude weißt du gar nicht, was du sagen sollst. Das ist Atlantis! Du hast das verschollene Inselreich gefunden! Die beiden erzählen dir, dass zwar ab und zu Bewohner von Atlantis in die Welt oberhalb des Wasserspiegels reisen. Sie müssen jedoch jeden, der sie gesehen hat, mit nach unten nehmen. Sie können nicht das Risiko eingehen, entdeckt zu werden.
Sie fordern dich auf mitzukommen. Du willigst zum Schein ein, aber du bist nicht bereit, kampflos aufzugeben. In Gedanken spielst du die Möglichkeit durch, dir im Notfall mit deiner Laserkanone einen Fluchtweg aus der Kammer zu schießen.

**Wenn du mit den Leuten gehst und dich den Bewohnern von Atlantis anschließt, lies weiter auf Seite** **45**

**Willst du zur Seeker zurück und mit der Laserkanone einen Sprengversuch unternehmen? Lies weiter auf Seite** **46**

Auf deine Funksignale erhältst du keine Reaktion und es wird dir langsam zu dumm, weiterhin vor der verschlossenen Tür zu stehen. Gerade als du aufgeben willst, geht die Tür plötzlich auf und du kannst einen Blick in eine Höhle mit einer weiteren Tür auf der gegenüberliegenden Seite erhaschen. Vorsichtig fährst du mit der *Seeker* in die Höhle hinein und empfängst einen Funkspruch in deiner Sprache. Dir wird mitgeteilt, dass du hier herzlich willkommen bist. Aber gleichzeitig wirst du gewarnt: Solltest du dich dafür entscheiden, weiter ins Innere der Höhle vorzudringen, wirst du nie wieder in die Welt oberhalb des Wassers zurückkehren können.

**Gehst du weiter, um herauszufinden, ob du wirklich Atlantis gefunden hast?**
**Lies weiter auf Seite 47**

**Wenn du umkehrst,**
**lies weiter auf Seite 48**

Das U-Boot gibt dir Rätsel auf. Also ziehst du deinen Tauchanzug an und kletterst aus der Kapsel. Am U-Boot angekommen, öffnest du die Klappe zum Kommandoturm und steigst hinein. Du siehst dich um, kannst aber keine Lebenszeichen entdecken. Dir ist unerklärlich, warum das U-Boot gerade hier liegen geblieben ist, denn es sind keine Spuren eines Unfalls oder eines Kampfes zu sehen. Plötzlich ertönt eine Stimme: „Herzlich willkommen, Erdenmensch! Sicher möchten Sie wissen, wo Sie sich befinden. Das hier ist Atlantis. Vor tausenden von Jahren bemerkten die Regenten von Atlantis, dass ihr Kontinent allmählich im Meer versank. Sie entdeckten eine riesige unterirdische Höhle und schufen dort einen neuen Lebensraum. Später führten einige Forscher eine Operation durch, die es den Menschen ermöglichte, unter Wasser zu atmen." Die Stimme, die sehr freundlich klingt, erklärt dir außerdem, dass es auf Atlantis gute und böse Menschen gibt. Du wirst nach Atlantis eingeladen und man gibt dir Anweisungen, wie du über einen Geheimgang zur Unterwasserstadt gelangen kannst. Gerade willst du der Aufforderung folgen, als du ein weiteres U-Boot mit mehreren Menschen entdeckst. Handelt es sich um ein Schiff von Atlantis? Sind dir diese Leute freundlich gesinnt, oder werden sie dich bekämpfen?

**Möchtest du den Geheimgang betreten, bevor du entdeckt wirst? Lies weiter auf Seite** **49**

**Wenn du zur Kapsel zurückkehrst und versuchst, der Gefahr zu entkommen, lies weiter auf Seite** **50**

Du fährst durch die Grotte am Bootswrack vorbei und entdeckst noch zwei weitere Wracks. Auch diese sind voller Algen, sind aber nicht beschädigt. Wieso gibt es hier so viele Wracks? Die einzige mögliche Erklärung ist, dass die Bewohner von Atlantis im Bermudadreieck Schiffe kapern und hierher bringen. Etwas versteckt siehst du ein weiteres Schiff – einen Dreimaster. Er sieht aus wie die Schiffe zu Beginn des neunzehnten Jahrhunderts. Die Taue sind voller Algen und um den Mast kreisen unzählige Fische.
Die Neugier überwältigt dich. Schnell schlüpfst du in deinen Tauchanzug und verlässt die *Seeker*. Als du dich gerade auf das Segelschiff zu bewegst, kommt plötzlich eine vier Meter lange, giftige Seeschlange hinter der Kajüte des Schiffs hervor. Sie greift dich an und bohrt ihre Giftzähne durch deinen Tauchanzug tief in deine Haut. Du spürst, wie das Gift durch deine Adern strömt und deinen Körper lähmt. Es gibt keine Rettung mehr!

**Ende**

**38**

Mit großem Bedauern beschließt du, die Expedition hier zu beenden. Noch einmal kannst du es nicht riskieren, in solche Tiefen zu tauchen. Also kehrst du widerstrebend nach Hause zurück.
Du wirst zu mehreren großen Fernsehshows eingeladen, um von deinen Abenteuern zu berichten. Am Abend nach einer solchen Show hörst du in den Nachrichten, dass man Atlantis entdeckt hat. Sofort bereust du deine voreilige Entscheidung, aber du redest dir ein, dass du keine andere Wahl gehabt hattest. Oder etwa doch?

**Ende**

Du kannst einfach nicht widerstehen, weil du genau weißt, was dich auf dem Meeresgrund erwartet. Deshalb besteigst du nach einigen Wochen Pause die *Seeker* erneut und tauchst rasch in die Tiefe hinab. Bei dem großen Meerescanyon hältst du an und wagst dich in deinem speziellen Tauchanzug nach draußen. Es gibt keine Anzeichen dafür, dass der Riesentintenfisch in der Nähe ist, deshalb fühlst du dich sicher.
Hinter einem großen Felsbrocken entdeckst du das Wrack eines Schiffes aus dem alten Griechenland. Seltsam, ein solches Schiff, völlig unbeschädigt, so tief hier unten! Wie kam es hierher? War es vielleicht auf dem Weg nach Atlantis, bevor der Kontinent im Meer versank?
Du machst Fotos und notierst dir einige Besonderheiten in deinem Spezial-Unterwassernotizbuch. Vielleicht lässt sich mit diesem antiken Schiff ja irgendwann das Rätsel um Atlantis lösen.

**Gehst du an Bord des griechischen Schiffs?**
**Lies weiter auf Seite** **51**

**Wenn du zurück nach oben möchtest,**
**um von deinem Fund zu berichten,**
**lies weiter auf Seite** **52**

Der Delfin beobachtet dich. Du hast sogar das Gefühl, dass er dich anlächelt. Vertrauensvoll greifst du nach seiner rechten Flosse und der Delfin schwimmt mit einem kräftigen Flossenschlag nach oben. Er schwimmt zügig, aber dennoch langsam genug, um dich nicht zu gefährden. Nach einer Weile spürst du, wie das Wasser wärmer wird, und du kneifst die Augen zusammen, als dir die helle Sonne ins Gesicht scheint. Suchend blickst du dich um. Die *Maray* ist weit und breit nicht zu sehen. Du schwimmst ganz allein mitten auf dem riesigen Meer. Doch plötzlich taucht der Delfin ein zweites Mal und du kannst dich gerade noch an seiner Flosse festhalten. Er schwimmt los und in einer knappen Viertelstunde befindest du dich direkt neben der *Maray*. Das Tier hat sich wahrscheinlich unter Wasser an den Motorengeräuschen orientiert.
Als du an Bord bist, erzählst du von deinem Erlebnis und deine Leute freuen sich mit dir, dass du die Gefahr unbeschadet überstanden hast. Zwar willst du so schnell wie möglich wieder hinunter, hast aber dennoch Angst, dass du damit dein Leben erneut aufs Spiel setzen wirst.

**Willst du morgen wieder tauchen?**
**Lies weiter auf Seite** **54**

**Wenn du die Expedition abbrechen möchtest,**
**lies weiter auf Seite** **53**

Irgendwie musst du nach oben kommen, um mit deiner Mannschaft das weitere Vorgehen zu besprechen. Doch wie? Plötzlich kommt dir die Idee, dass der Strom der Luftblasen stark genug sein könnte, um der *Seeker* den nötigen Auftrieb zu geben. Geschickt lenkst du die Kapsel in den Strom und tatsächlich – sie bewegt sich aufwärts. Während du nach oben wirbelst, bemerkst du, dass sich immer mehr brauner Tang an der Außenseite der Kapsel ansammelt. Die Instrumente warnen dich, dass der Propeller und der Lenkmechanismus ausgefallen sind.

Schnell ziehst du deinen Tauchanzug an und kletterst nach draußen, um nachzusehen, was zu tun ist. Doch kaum bist du aus der *Seeker* geklettert, wird dir klar, dass du die Kapsel allein nicht befreien kannst. Verzweifelt versuchst du, zur Wasseroberfläche zu schwimmen, doch schon bald steckst du in dem braunen, klebrigen Tang fest. Du bist gefangen und kannst weder nach oben noch nach unten entkommen.

**Kämpfst du weiter, um doch noch an die Oberfläche zu gelangen? Lies weiter auf Seite** **56**

**Wenn du eine Ruhepause einlegst, um wieder zu Kräften zu kommen und dir einen Plan auszudenken, lies weiter auf Seite** **59**

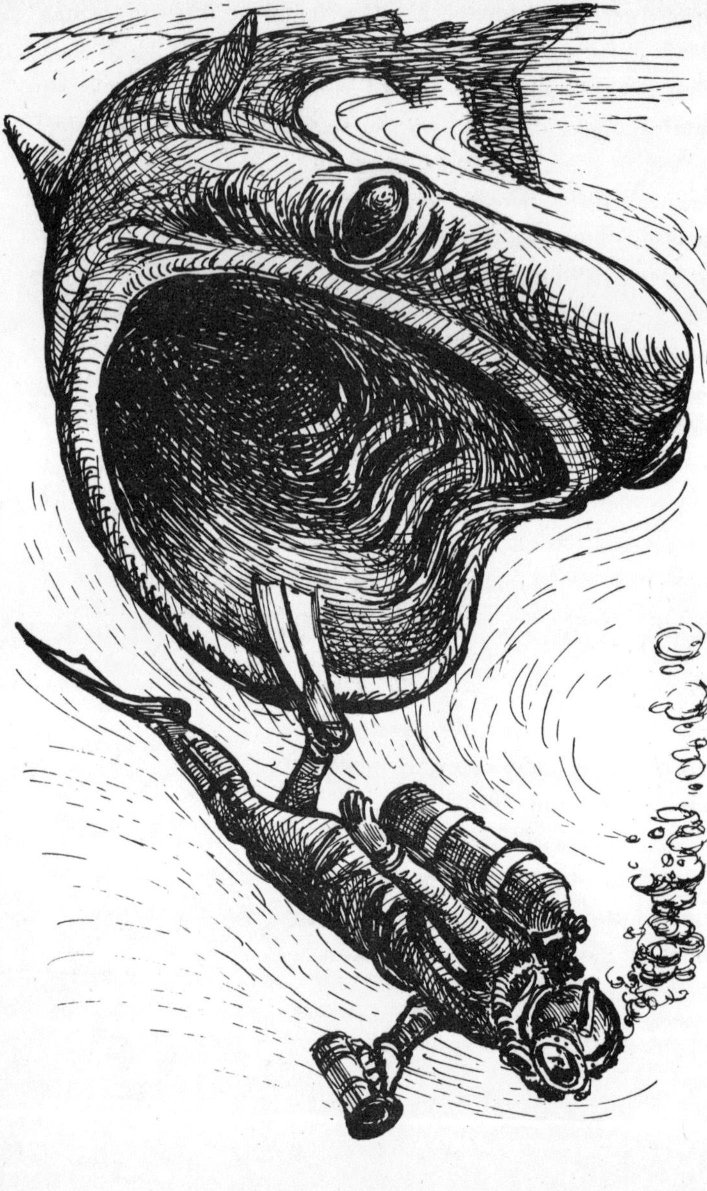

Ob der Delfin dir tatsächlich helfen kann, ist ungewiss. Vielleicht ist es besser, sich nicht auf ihn zu verlassen, sondern es lieber selbst zu versuchen. Also schwimmst du in Richtung Wasseroberfläche. Der Delfin folgt dir noch eine Weile, dann schwimmt er davon. Bei einer Tiefe von ungefähr hundert Metern machst du eine Pause, bevor du das letzte Stück in Angriff nimmst.

Plötzlich kommt ein riesiger, aufgedunsener Fisch mit schwarzen und weißen Flecken am ganzen Körper auf dich zu. Seine hervorquellenden Augen fixieren dich hungrig. Diese Fischart gibt sich erst gar nicht die Mühe, seine Beute zu beißen, sie schlingt ihr Opfer einfach am Stück hinunter. Schlagartig wird dir klar, dass du seine nächste Mahlzeit sein wirst.

**Ende**

44 Du lenkst die *Seeker* durch die neue Erweiterung zum Ursprung der Luftblasen. Plötzlich schießt die Kapsel hinab, als würde sie von einem riesigen Magneten angezogen. Durch den plötzlichen Druckunterschied wird dir schwindlig und du fällst in Ohnmacht. Als du wieder zu dir kommst, befindest du dich in einem gemütlich eingerichteten Raum. Drei Leute stehen um dich herum und lächeln dir aufmunternd zu. Sie sehen wie ganz normale Menschen aus und wirken friedlich. Einer der drei kommt einen Schritt auf dich zu und sagt: „Sie befinden sich in einem Besucherraum der Unterwelt von Atlantis. Wenn Sie die Insel kennen lernen möchten, folgen Sie uns. Sie brauchen keine Angst zu haben, Ihnen wird nichts passieren, aber Sie werden nie mehr in Ihre Welt zurückkehren können, wenn Sie Atlantis einmal gesehen haben. Wenn Sie jetzt lieber sofort zurückkehren möchten, werden wir Sie begleiten und Sie sicher an die Wasseroberfläche bringen. Sie haben die Wahl!“

**Willst du dir Atlantis ansehen?**
**Lies weiter auf Seite** **61**

**Wenn du lieber wieder an die Wasseroberfläche zurückkehren möchtest, lies weiter auf Seite** **57**

Ein großer, Respekt einflößender Mann spricht dich freundlich an. „Willkommen auf Atlantis. Vor vielen tausend Jahren mussten wir feststellen, dass unser gesamter Kontinent im Meer versinken wird. Unser Volk bereitete sich in aller Eile, aber dennoch gewissenhaft auf diese Katastrophe vor und errichtete in einem erloschenen Vulkan eine neue Stadt. Hier leben wir seither in Frieden und Harmonie. Wir haben hier zwar kein Sonnenlicht und auch keine Sterne, aber wir haben andere Phänomene, die unser Leben lebenswert machen."
Er erzählt dir von Menschen, die Nodoors genannt werden. Wenn du möchtest, kannst du bei ihnen leben, doch dann wirst du Atlantis nie mehr verlassen können.
Ein bärtiger Mann bietet dir an, dich zu begleiten, und du schaust dich neugierig um: Atlantis ist eine schöne Insel, die Gebäude sehen gemütlich aus und bunte Korallen schmücken die Innenhöfe. Es wäre sicher schön, hier zu leben, aber du möchtest nicht für immer bleiben. Vielleicht hättest du eine bessere Chance zu entkommen, wenn du dich den Nodoors anschließt. Vorsichtig fragst du deinen Begleiter nach ihnen. „Wir glauben, dass sie gefährlich sind, aber so ganz genau wissen wir das nicht. Sie leben im Innersten des Vulkans. Wenn Sie wollen, kann ich Sie zu ihnen führen."

**Soll er dich zu den Nodoors führen?**
**Lies weiter auf Seite** **62**

**Wenn du lieber bei den Bewohnern**
**von Atlantis bleiben möchtest,**
**um auf eine Gelegenheit zur Flucht zu warten,**
**lies weiter auf Seite** **63**

Die Menschen von Atlantis haben viele Jahrtausende in Frieden gelebt. Sie haben kein Interesse an Streit und Krieg, denn ihre Zivilisation ist technologisch sehr weit fortgeschritten. Sie haben einen Sensor entwickelt, der ihnen zeigt, dass du Angst hast und planst, gleich deine Laserkanone zu benutzen. Um dir zuvorzukommen, schießen sie einen speziellen Strahl auf deine Tauchkapsel, der sämtliche Funktionen lahm legt und dich an deiner Flucht hindert. Sie kommen langsam auf die Kapsel zu und bitten dich, ihnen zu folgen.
„Sie gehören nun zu Atlantis. Wir verstehen Ihre Furcht, aber es besteht kein Grund zur Sorge. Wir werden Ihnen nichts tun und Sie können mit uns zusammen hier sehr glücklich werden."
Der Anführer der Gruppe erklärt dir, dass sie eine Möglichkeit entwickelt haben, Kiemen zu implantieren, damit man unter Wasser atmen kann. Wenn du dieser Operation zustimmst, wirst du dich hier überall frei bewegen können. Wenn du diese Operation ablehnst, gibt es die Möglichkeit, mit den Tieren, die ebenfalls Luft zum Atmen brauchen, im Zoo zu leben.

**Stimmst du der Operation zu?**
**Lies weiter auf Seite** **64**

**Wenn du lieber im Zoo leben möchtest,**
**lies weiter auf Seite** **65**

Du wirst von ein paar Leuten begrüßt, die auf den ersten Blick wie ganz normale Menschen aussehen. Erst bei genauem Hinsehen entdeckst du die kiemenartigen Schlitze an ihren Hälsen und die Schwimmhäute zwischen ihren Fingern. Sie geben dir zu verstehen, dass du deinen Tauchanzug anlegen sollst, und zerren dich schnell aus der *Seeker*. Sie führen dich zu ihrer Stadt. Auf dem Weg zeigen sie dir den Zoo, in dem es viele verschiedene Tiere gibt, die keine Kiemen haben und die eigentlich an Land leben. Sie wurden in einem durchsichtigen Kasten untergebracht, der mit Sauerstoff versorgt wird.
Der Leiter der Gruppe erklärt dir, dass du dich einer Operation unterziehen kannst, bei der dir Kiemen eingepflanzt werden. Mit diesen kannst du unter Wasser atmen. Wenn du die Operation ablehnst, besteht für dich die Möglichkeit, bei den Tieren im Zoo unterzukommen.

**Wenn du der Operation zustimmst,**
**lies weiter auf Seite** **64**

**Ziehst du das Leben im Zoo vor?**
**Lies weiter auf Seite** **65**

48

Als du wieder an Bord der *Seeker* bist, funkst du zur *Maray*, dass du hinaufwillst, um mit ihnen einen Plan auszutüfteln. Doch als du aus dem riesigen Canyon aufsteigst, entdeckst du, dass an seiner Oberkante eine Art Straße entlangführt. Was ist das? Die Wissenschaftler auf der *Maray* haben erwähnt, dass es hier Spuren einer antiken Zivilisation geben könnte. Das musst du dir genauer ansehen!

**Lies weiter auf Seite 12**

Du entkommst dem Unterwasserschiff, ohne dass dich jemand sieht. Wie angewiesen betrittst du einen Durchgang, an dessen Ende sich eine Luftschleuse und dahinter eine unglaublich große Höhle ohne Wasser befindet. Vielleicht bist du ja im Innern eines erloschenen Vulkans.
Das Gehen auf dem Gelände, das von einer weichen Substanz bedeckt ist, fällt dir leicht. Es ist ein Gefühl, als ob der Boden unter deinen Füßen leben würde. Ein sanftes Licht, wie frühes Morgenlicht kurz vor dem Sonnenaufgang, scheint von einer Seite der Höhlenwand herab.
Einige Leute kommen lächelnd auf dich zu. Sie tragen einfache Kleidung im Stil der alten Griechen. Dir sind diese Leute sofort sympathisch und du ziehst deinen Tauchanzug aus. Erstaunt stellst du fest, dass die Luft hier rein und klar ist.
Diese Menschen sprechen in einer Sprache zu dir, die du nicht verstehst, aber einer von ihnen übersetzt für dich. Er berichtet dir, dass du auf Atlantis bist, das sich momentan unter der Herrschaft eines habsüchtigen und egoistischen Mannes befindet, der sein Volk wie Sklaven behandelt. Alle, mit Ausnahme derer, die dem Herrscher als Statthalter dienen, sind unglücklich mit ihrem momentanen Leben. Einer nach dem anderen sieht dich flehentlich an und sie bitten dich um Hilfe. Du sollst ihnen zur Flucht verhelfen.

**Willst du erst einmal den König kennen lernen?**
**Lies weiter auf Seite** **66**

**Wenn du den Leuten helfen willst,**
**lies weiter auf Seite** **67**

50 Schnell kletterst du in die Kapsel zurück und versuchst, dem fremden U-Boot zu entkommen. Als du bemerkst, dass das Schiff dich verfolgt, schaltest du den Notauftrieb auf die höchste Stufe. Du überlegst dir, ob du auf das fremde Schiff schießen sollst, doch du möchtest niemanden verletzen.
Der Aufstieg zur Wasseroberfläche geht schnell voran, doch kurz vor dem Ziel versagen sämtliche Funktionen der Kapsel. Hilflos treibst du im Wasser und es ist, als hätte dich eine rätselhafte Kraft gefangen genommen.

**Willst du an Bord der Kapsel warten, bis Hilfe von der Maray eintrifft? Lies weiter auf Seite** 70

**Wenn du versuchst, aus der Tauchkapsel herauszukommen, um selbstständig an die Oberfläche zu schwimmen, lies weiter auf Seite** 69

Vorsichtig betrittst du die Kabine des Schiffs und siehst dich um. Amphoren, die früher zur Aufbewahrung von Öl und Wasser gedient haben, liegen überall herum. Es kommt dir so vor, als seist du ins antike Griechenland zurückversetzt worden.

Eine Tür führt zu einer kleineren Kabine. Auf einem Tisch, fast am anderen Ende, steht eine kleine, goldene Truhe. Vorsichtig öffnest du sie und findest die Überreste einer alten Karte. Auf der Karte ist aber nicht Atlantis abgebildet, sondern sie zeigt, dass das Schiff auf dem Weg war, durch einen Schacht ins Zentrum des Erdballs vorzudringen!

So schnell wie möglich kehrst du zur *Seeker* zurück und versuchst, mit Hilfe der Karte diesen unglaublichen Schacht zum Mittelpunkt der Erde zu finden. Du drehst und wendest die Karte und nach einigem Suchen entdeckst du die Tunnelöffnung. Das Echolot kann die Tiefe des Loches nicht feststellen.

**Willst du das Loch erkunden?**
**Lies weiter auf Seite** **71**

**Wenn du wieder zur Maray auftauchen möchtest,**
**lies weiter auf Seite** **72**

52

Die Reise zurück an die Wasseroberfläche geht problemlos vonstatten und endlich wird die Tauchkapsel wieder an Bord der *Maray* gehievt. Als du nach draußen kletterst, wirst du von den Wissenschaftlern und der Crew mit neugierigen Fragen empfangen. Die Kapsel wird für einen zweiten Tauchgang vorbereitet, doch plötzlich kommt ein Sturm auf. Das Meer wird unruhig. Hohe Wellen schlagen über das Deck und alle beeilen sich, die *Maray* vor dem Orkan zu retten. Auch du hast alle Hände voll zu tun und somit keine Chance, noch einmal zu tauchen. Einen Tag und eine ganze Nacht lang kämpfst du mit deiner Mannschaft gegen die stürmische See.

Am Morgen darauf ist der Wind abgeflaut und der Himmel ist wieder klar. Du bist bereit, ein weiteres Mal in die Tiefe zu gehen.

**Lies weiter auf Seite 54**

Ein Hubschrauber wird losgeschickt, um dich abzuholen und zur nächstgelegenen amerikanischen Luftwaffenbasis zu bringen. Von dort fliegst du weiter in die Vereinigten Staaten. In den Zeitungen wird berichtet, dass die Suche nach Atlantis aufgegeben wurde. Doch einige Monate später nimmt eine Gruppe junger Wissenschaftler mit dir Kontakt auf. Sie haben eine neue Expedition organisiert und fragen dich, ob du dich ihnen anschließen möchtest. Dieses Angebot ist sehr verlockend, denn abenteuerliche Expeditionen in unbekannte Welten sind schließlich deine Spezialität.

**Ende**

**54**

Wieder wird die *Seeker* an der Seitenwand der *Maray* ins Meer gelassen. Fische schwimmen vorbei und schauen neugierig in deine Metallkapsel. Das Sonnenlicht wird immer schwächer, je weiter du dich dem Meeresgrund näherst.
Dein Ziel ist der riesige Canyon unter Wasser, der dich vielleicht direkt zu Atlantis führen wird. Als du dort ankommst, schaltest du deine Suchscheinwerfer ein. Auf Anhieb findest du das Loch wieder und dein Herz schlägt höher. Vielleicht entdeckst du das versunkene Inselreich.

**Lies weiter auf Seite 15**

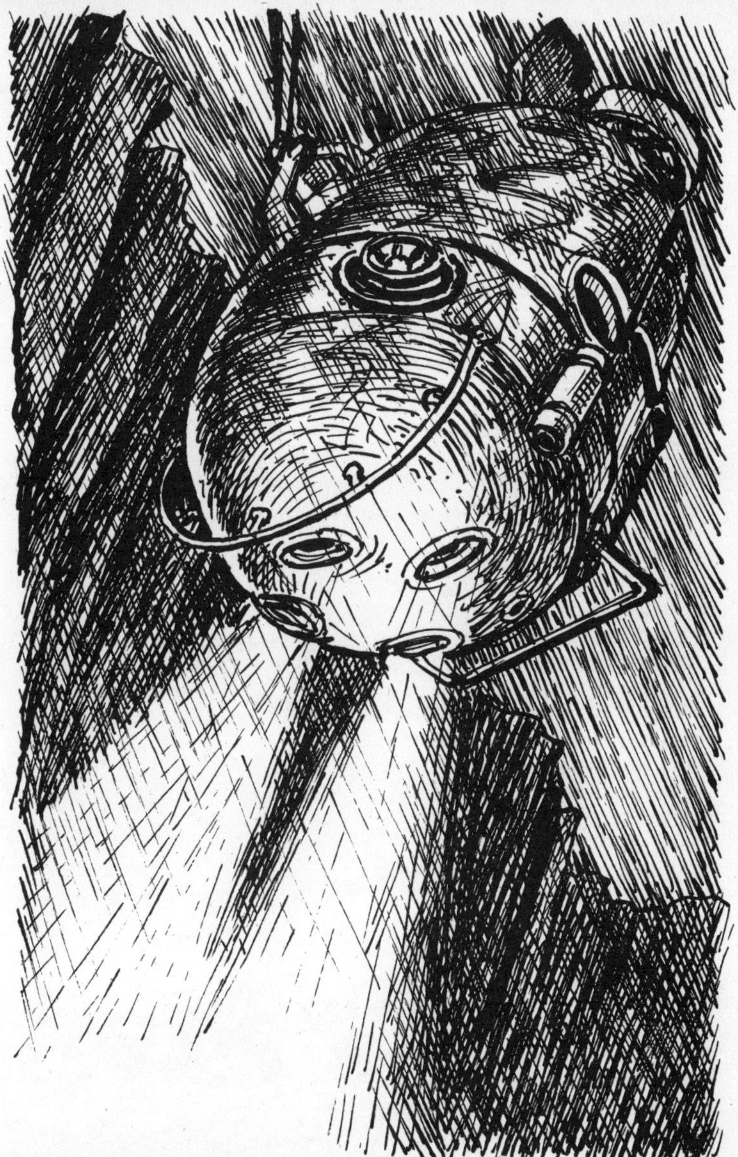

Durch den Sauerstoffmangel ist dir schwindlig und du wirst allmählich müde.

Mit einem Messer durchtrennst du Stück für Stück den dichten braunen Seetangteppich, der dich umgibt. Das Ganze ist sehr mühselig und du kommst nur langsam voran. Doch plötzlich schießt du zwischen den letzten Strängen Seetang hindurch und gelangst an die Oberfläche. Schnell feuerst du ein Leuchtsignal ab und wirst kurz darauf von der Mannschaft der *Maray* gefunden. Etwas später bist du wieder sicher an Bord und wirst von deinen Freunden umringt. Was für eine Erleichterung, diesem Albtraum entronnen zu sein!

**Wenn du am nächsten Tag wieder einen Tauchgang unternehmen willst, lies weiter auf Seite** 73

**Möchtest du einige Tage ausruhen und Pläne für den Notfall erstellen? Lies weiter auf Seite** 74

Die drei Bewohner von Atlantis spüren, dass du gerne wieder in deine eigene Welt zurückkehren möchtest. Umgehend produzieren sie eine blasenförmige Kapsel und helfen dir hinein. „Gute Reise. Wir wünschen Ihnen ein langes und erfolgreiches Leben!“

Mit rasender Geschwindigkeit saust du durchs Meer und brichst in der Nähe der *Maray* durch die Wasseroberfläche. Die Blase, die dich umgeben hat, löst sich auf, als du die Oberfläche erreichst. Du kannst es kaum erwarten, an Bord zu kommen und deiner Mannschaft von deinem Abenteuer zu erzählen. Sie hören dir zwar sehr interessiert zu, aber du spürst, dass sie dir nicht glauben. Sie denken, dass du dich mit dieser Geschichte nur wichtig machen willst.

Als du wieder zu Hause bist, erzählst du im Fernsehen von deiner Begegnung mit den Menschen von Atlantis. Außerdem schreibst du mehrere Artikel und ein Buch darüber. Du bekommst eine Menge Geld dafür. Geld, das du für eine weitere Expedition nutzen könntest.

**Setzt du dein Geld für eine weitere Expedition ein?**
**Lies weiter auf Seite 78**

**Wenn du dich lieber zur Ruhe setzen und ein beschauliches Leben führen möchtest, lies weiter auf Seite 80**

Jetzt bloß nicht in Panik geraten! Du versuchst, ganz entspannt zu bleiben, und lässt dich von der Strömung davontragen, die dich langsam durch den Seetang nach oben treibt. Mit deinem Messer durchtrennst du die Schlingpflanzen, die dir manchmal den Weg versperren, und plötzlich bist du frei. Was für eine Erleichterung! Aber kaum bist du dem Pflanzengewirr entronnen, wirst du von einem riesigen Wasserstrudel erfasst!

**Versuchst du,
aus dem Strudel herauszuschwimmen?
Lies weiter auf Seite 75**

**Wenn du direkt ins Zentrum
des Strudels hineintauchst,
um unten wieder herauszukommen,
lies weiter auf Seite 76**

Die drei führen dich zu einer riesigen Höhle, in der eine große Maschine steht. Das ist das fortschrittlichste Laboratorium, das du je gesehen hast. Computer, Prüfgeräte, Aufnahmegeräte, Bildschirme und eine Menge Schalter und Kontrollleuchten füllen den Raum. Eine seltsam aussehende Gestalt mit einem riesigen Kopf und leeren Augen wendet sich dir zu. „Sie befinden sich nun im Laboratorium von Atlantis. Das hier ist unser lang gehütetes Geheimnis. Wir sind vor etwa 3000 Jahren auf diesem Planeten gelandet und haben unsere Anti-Materie-Anlage dazu benutzt, dieses Inselreich versinken zu lassen, um die Menschen loszuwerden. Sie können hier ein sehr angenehmes und abwechslungsreiches Leben führen, wenn Sie wollen. Sie müssen uns nur erlauben, Ihnen ein spezielles Serum zu injizieren, das es Ihnen ermöglicht, hier zu leben. Wenn Sie sich jedoch weigern, sich uns anzupassen, müssen wir Sie leider als Gefangenen behalten."

**Wenn du der Injektion zustimmst,
lies weiter auf Seite** 77

**Lehnst du ab?
Lies weiter auf Seite** 79

62

„Ich möchte mich den Nodoors anschließen“, erklärst du deinem Begleiter. Er nickt und bedeutet dir mitzukommen. Also folgst du ihm und er bringt dich in die Außenbezirke der Stadt.
Dort angekommen, klopft er dir auf die Schulter und sagt: „Meine Arbeit ist hiermit beendet, ich muss Sie nun verlassen. Ich wünsche Ihnen viel Glück.“ Als du siehst, dass die Nodoors ein schwer bewaffnetes Empfangskomitee schicken, fühlst du dich sehr unwohl. Sie betrachten dich misstrauisch und vermuten, dass dich die Bewohner von Atlantis als Spion ausgesandt haben. Auch du schaust dir diese Menschen genau an. Sie sehen den Atlantis-Leuten zwar sehr ähnlich, doch sie lächeln nicht.
„Kommen Sie mit uns. Wir müssen Sie erst einmal befragen. Vielleicht können Sie uns ja nützlich sein.“
Drei Tage lang wirst du verhört und musst in einem winzigen Zimmer ohne Fenster ausharren. Du begreifst, dass sie keine guten Menschen sind, und du bereust deine Entscheidung, dich ihnen anschließen zu wollen. Sie verlangen von dir, die Atlantis-Menschen auszuspionieren und ihnen über alles Bericht zu erstatten.

**Wenn du die Flucht ergreifst,**
**lies weiter auf Seite** **81**

**Führst du ihren Auftrag aus?**
**Lies weiter auf Seite** **82**

Du möchtest bei den Bewohnern von Atlantis bleiben, denn ihre Lebensanschauung ist ideal für dich. Sie nutzen ihre Zeit dazu, Dinge zu erfinden, die das Leben leichter machen, und nicht solche, die es zerstören. Und du glaubst ihrem Anführer, wenn er dir sagt, dass sie stets versuchen, Krieg und Hass zu vermeiden.

Diese perfekte Welt fasziniert dich und du würdest gerne bleiben, um die Geschichte von Atlantis zu erforschen. Dich interessiert, wie die Bewohner von Atlantis so wurden, wie sie sind, und was den Bruch zwischen den Atlantis-Menschen und den Nodoors ausgelöst hat. Aber dennoch bleibt in deinem Hinterkopf noch immer die Hoffnung, eines Tages zu entkommen, um wieder in deine eigene Welt zurückkehren zu können.

**Willst du bei ihnen bleiben, um die Geschichte und die Geheimnisse von Atlantis zu erforschen? Lies weiter auf Seite 83**

**Wenn du lieber fliehen möchtest, lies weiter auf Seite 85**

64

Ein großer Scheinwerfer strahlt auf dich herab, während du auf dem Operationstisch liegst. Die Stimmen um dich herum werden leiser und das Bild vor deinen Augen verschwimmt – du verlierst das Bewusstsein. Angenehme Gedanken, Geräusche und Bilder durchfluten dich. Als du wieder aufwachst, hast du keine Schmerzen und auch nicht das Gefühl, dass sich wirklich etwas geändert hat. Doch nun kannst du unter Wasser atmen und dich den Bewohnern von Atlantis anschließen. Mehrere Wochen lang erforschst du die Welt unter Wasser. Ohne die schweren Sauerstoffflaschen und all die anderen Ausrüstungsgegenstände hast du das wundervolle Gefühl, jede Menge Energie zur Verfügung zu haben, und gleitest durch eine Welt voller Schönheit.
Deine beiden Begleiter sind sehr gute Freunde geworden und nehmen dich auf ihre Abenteuer in der Tiefe mit. Ihr erforscht den Grund des Meeres und lernt Fische und andere Meerestiere kennen. Das Leben ist wirklich sehr aufregend. Es gefällt dir gut, doch du bedauerst, dass du die Welt oberhalb der Wasseroberfläche nie wieder erleben wirst.

**Ende**

„Nein, ich sehe überhaupt nicht ein, warum ich diese irrsinnige Operation durchführen lassen sollte. Ich will schließlich nicht zum Fisch werden!"

Die Bewohner von Atlantis versuchen, dich davon zu überzeugen, dass das Leben hier unten auch Vorteile hat. Doch als du dich weiterhin weigerst, besprühen sie dich mit einem Gas, das dich sofort bewusstlos macht. Einige Stunden später kommst du wieder zu dir und stellst fest, dass du dich in einem Lufttank unter Wasser befindest, der es dir ermöglicht, ganz normal ohne Sauerstoffgerät zu atmen. Dein Nachbar ist ein Pferd, das dich traurig und verstehend anblickt. Man hat eine kleine Wohnung für dich gebaut, die denen in deiner Welt sehr ähnelt. Leute kommen vorbei und schauen dich an. Vielleicht hast du einen Riesenfehler begangen. Sie wollen dich nun nicht mehr an ihrer Welt und ihrem Leben teilhaben lassen. Du hast ihr Angebot abgelehnt und bist von nun an ein Gefangener in ihrem Zoo.

**Ende**

Schnell hast du den König gefunden und einer seiner unzähligen Untertanen führt dich in einen kleinen, einfachen Raum, von dessen gewölbter Decke ein seltsames Licht leuchtet.
„Aha, Sie sind also der Erdling, der mich sprechen möchte. Ich heiße Sie herzlich willkommen. Sie können ganz beruhigt sein, ich werde Ihnen nichts tun." Obwohl er recht freundlich ist, erschreckt dich die dröhnende Stimme des Königs, als er dich begrüßt.
Ihr unterhaltet euch einige Stunden und du bekommst immer mehr den Eindruck, dass er gar nicht so schrecklich ist, wie man dir erzählt hat. Im Gegenteil, er wirkt sehr klug, freundlich und interessant. Vielleicht haben sich die Bewohner von Atlantis ja in ihm getäuscht.
Er bietet dir an, Mitglied seiner Regierung zu werden, und erklärt dir, dass die meisten Leute faul und egoistisch seien und mit Macht und Befehlen regiert werden müssen. Er berichtet von seiner fast 1000-jährigen Amtszeit und dass er nur deshalb so lange regieren konnte, weil er nicht davor zurückschreckt, Strenge gegen seine Untertanen anzuwenden. Er fragt dich, ob du als Berater für ihn arbeiten möchtest.

**Willst du für den König arbeiten?**
**Lies weiter auf Seite** **86**

**Wenn du das Angebot ablehnst und**
**dich den anderen Leuten anschließt,**
**lies weiter auf Seite** **88**

Die Frage ist allerdings, wohin diese Leute fliehen sollen, denn der König hat alle Macht. Er regiert die gesamte Welt unter Wasser und seine Spione sind überall. Es gibt nur eine Möglichkeit, das Volk zu befreien: Man muss den König überwältigen und ihn ins Gefängnis werfen.
Doch die Menschen haben Angst vor ihrem Herrscher. Einige von ihnen haben schon vor Jahren versucht, sich gegen ihn zu wehren und sitzen seither im Gefängnis. Der König misstraut jedem und setzt mögliche Rebellen gleich rigoros außer Gefecht.
Du schlägst vor, ein Fest mit einer Theatervorführung zu veranstalten, zu dem alle Bürger und auch der König eingeladen werden. Auf ein verabredetes Zeichen hin werden sich sowohl die Schauspieler als auch das Publikum erheben, um den König zu ergreifen. Niemand wird bemerken, dass die Schauspieler echte Waffen tragen, doch im Notfall können sie sich damit gegen den König zur Wehr setzen. Den Leuten gefällt dein Plan und sie bitten dich, ihr Anführer zu werden.

**Willst du ihr Anführer werden?**
**Lies weiter auf Seite** **87**

**Wenn du ihnen bei der Planung helfen willst,**
**aber dennoch versuchen möchtest,**
**aus dieser elenden Welt zu fliehen,**
**lies weiter auf Seite** **92**

Es bleibt dir nichts anderes übrig, als die *Seeker* zu verlassen und zu versuchen, aus eigener Kraft an die Oberfläche zu gelangen. Du betrittst die Luftschleuse, die dich zum Meer hinausführt. Mit einem kräftigen Tritt stößt du dich von der Kapsel ab und schwimmst nach oben. Als Teil deiner Notausrüstung hast du eine kleine gelbe Rettungsinsel bei dir. Oben angekommen blickst du dich suchend um. Die See ist ruhig, doch die *Maray* ist nirgends zu sehen.
Zwei Tage und Nächte treibst du auf deiner Rettungsinsel auf dem Meer. Tagsüber bist du hilflos der brennenden Sonne ausgeliefert und nachts der Kälte. Außerdem bist du wahnsinnig hungrig und durstig. Endlich entdeckt dich ein Suchhubschrauber und bringt dich in Sicherheit.
Für die Erforschung von Atlantis wird ein anderer Taucher benötigt, denn deine Augen wurden von der seltsamen Kraft, die deine Tauchkapsel außer Gefecht gesetzt hat, stark geschädigt. Deine Karriere als Tiefseeabenteurer ist endgültig vorbei.

**Ende**

Es ist sicher das Beste zu warten, bis dich die *Maray* mit ihrem Echolotsystem findet. Du kannst das Schiff nicht anfunken, weil die gesamte Elektronik der *Seeker* ausgefallen ist. Von dem rätselhaften U-Boot ist nichts mehr zu sehen, vielleicht hat es nun, da du für Atlantis keine Gefahr mehr darstellst, wieder abgedreht.
Als du aus dem Bullauge mit der dicken Glasscheibe hinausblickst, siehst du plötzlich, dass ein riesiger Blauwal auf dich zuschwimmt. Es sieht aus, als würde er dich gleich rammen. Bestimmt hat ihn das andere U-Boot erschreckt und das verärgerte Tier will sich nun an jemdandem in seiner Umgebung rächen.
In diesem Augenblick trifft eine Flosse des Wals die *Seeker* mit voller Wucht. Beim Zusammenstoß kracht es an allen Ecken und Enden. Wasser dringt langsam durch die Luke ein und du weißt, dass du die schwer beschädigte Kapsel zurücklassen musst. Der Wal bleibt dicht bei der *Seeker,* als ob er auf dich warten würde.

**Willst du einen Fluchtversuch unternehmen?**
**Lies weiter auf Seite** **69**

**Wenn du versuchst,**
**auf den Wal zu klettern,**
**um von ihm mitgenommen zu werden,**
**lies weiter auf Seite** **91**

**Wenn du nicht weißt,**
**was du tun sollst,**
**lies weiter auf Seite** **93**

Warum nicht? Wer hätte das gedacht? Direkt bis zum Mittelpunkt der Erde! Gespannt betätigst du den Hebel und tauchst in die Tiefe hinab. Bald gibt es kein Wasser mehr, sondern nur noch ein schweres Gas, in dem du ebenfalls wie im Wasser dahingleiten kannst. Du siehst eine Welt voller schimmernder Farben und sich ständig ändernder Formen und kommst an riesigen Schichten aus Fels und Sand vorbei. Plötzlich landest du in einer schleimigen Masse, die die Schiffsschrauben der Kapsel beinahe zum Stillstand gebracht hätte. Der Motor der Kapsel verstummt und du wirst von einer unsichtbaren Kraft durch die dickflüssige Materie gezogen. Etwas später quält sich die *Seeker* durch eine noch zähflüssigere Schicht hindurch und du gelangst in ein Gebiet voller Riesenatome. Elektronen wirbeln mit Höchstgeschwindigkeit an dir vorüber, und du hast gerade noch Platz genug, um dich zwischen diesen rasenden Partikeln hindurchzumanövrieren. Mit viel Glück schaffst du es, nicht mit den Elektronen zu kollidieren. Was für eine Welt! Das wird dir keiner glauben. Aber vielleicht erlebst du dies alles gar nicht wirklich! Vielleicht hast du ja schon Halluzinationen!

**Wenn du die Reise zum Mittelpunkt der Erde fortsetzen möchtest, lies weiter auf Seite** **94**

**Willst du lieber umkehren? Lies weiter auf Seite** **95**

72

Du musst der Tatsache ins Auge blicken, dass es viel zu gefährlich ist, ohne Vorbereitung in ein tiefes Loch abzutauchen, das zum Mittelpunkt der Erde führen könnte. Es ist also vernünftiger, zurückzukehren und einen genauen Plan auszuarbeiten.

Schweren Herzens schaust du dir die Öffnung ein letztes Mal an, überprüfst die Instrumente der Kapsel und machst dich auf den Weg nach oben. Endlich durchbricht die Kapsel die Wasseroberfläche und du wartest, bis dich die *Maray* abholt.

**Lies weiter auf Seite** **38**

Du versicherst, dass es dir gut geht und dass du morgen wieder tauchen möchtest. Die Wissenschaftler versuchen, dich davon zu überzeugen, dass es ziemlich riskant ist, schon so bald wieder zu tauchen. Doch der Kapitän der *Maray* teilt mit, dass sich ein großes Tiefdruckgebiet nähert und dass morgen vermutlich für einige Zeit der letzte Tag sein wird, an dem getaucht werden kann.
Da gibt es für dich kein Halten mehr. Sämtlichen guten Ratschlägen zum Trotz steigst du aufgeregt in die *Seeker*, winkst all deinen Freunden zum Abschied zu und verschwindest in der Tiefe.
Auf dem Meeresgrund angekommen, beschließt du, das Riff entlang des Canyons zu erkunden.

**Lies weiter auf Seite** 12

**74**

Die Vorhersage meldet, dass ein gefährliches Unwetter in eure Richtung unterwegs ist. Der Kapitän beschließt, die *Maray* in einen nahe gelegenen Inselhafen zu bringen, um das Boot zu schützen. Hier zu bleiben wäre viel zu gefährlich. Deine Leute zurren die Tauchkapsel sicher am Deck der *Maray* fest und ihr macht euch auf den Weg.
Der Sturm beginnt, bevor ihr den schützenden Hafen erreicht habt. Die *Seeker* wird von einer Windbö losgerissen und geht über Bord. Von einer elektrischen Entladung, die durch das Unwetter ausgelöst wurde, werden die Monitore der *Maray* beschädigt. Ihr bleibt alle unverletzt, aber eure gesamte Ausrüstung ist zerstört worden. Die Expedition ist nun vorbei.

**Ende**

Es hat keinen Zweck. Du bist dem Strudel hilflos ausgeliefert. Er zerrt mit unglaublicher Macht an deinen Armen und Beinen. Du bekommst Panik, denn du kannst nicht mehr schwimmen und wirbelst nur im Kreis herum. Du musst irgendetwas unternehmen, sonst verlierst du bald das Bewusstsein.

**Wenn du deine Laserpistole benutzen willst, um ein Loch in den Strudel zu schießen, lies weiter auf Seite** **103**

**Kämpfst du gegen den Strudel an? Lies weiter auf Seite** **104**

Seitlich kannst du nicht aus dem Strudel hinausschwimmen, also bleibt dir nur die Möglichkeit, nach unten ins Zentrum zu tauchen.

Du strampelst einige Male mit den Beinen und wirfst dich dann mitten hinein. Licht und Farben tanzen vor deinen Augen und du verlierst jegliche Orientierung. Plötzlich befindest du dich auf dem Grund des Ozeans und kannst durch das Zentrum des Strudels nach oben schauen. Mehr als 700 Meter über dir entdeckst du einen kleinen blauen Fleck – den Himmel.

**Wenn du versuchst, an die Oberfläche zu kommen, lies weiter auf Seite 105**

**Willst du dieses seltsame Gebiet auf dem Meeresboden erkunden? Lies weiter auf Seite 106**

Vielleicht ist es ja leichtsinnig von dir, doch du bist neugierig und willst dich ihnen anschließen. Die Injektion ist völlig schmerzlos und du fühlst dich hinterher kein bisschen anders. Sie führen dich in einen sehr hübsch eingerichteten, gemütlichen Raum und ihr genießt zusammen ein festliches Essen, um deine Entscheidung zu feiern. Einer der Männer beginnt, dir von ihrer Welt und ihrer Vergangenheit zu erzählen: „Wir sind von einem anderen Planeten gekommen, um andere Lebensformen zu entdecken. Aber wir achten sorgfältig darauf, wem wir Einblick in unser Leben gewähren. Einige Ihrer Leute haben bereits zu uns gefunden, aber wir haben nicht alle hier bei uns aufgenommen. Wir wählen sehr vorsichtig aus."

Voller Erstaunen hörst du ihnen zu. Du hast die Wahl, mit ihnen durch Zeit und Raum zu ihrem Planeten zu reisen oder als Arbeiter auf Atlantis unter Wasser Informationen über das Leben auf der Erde zusammenzutragen.

**Wenn du mit ihnen reisen möchtest,**
**lies weiter auf Seite** **96**

**Willst du als Arbeiter auf Atlantis bleiben?**
**Lies weiter auf Seite** **97**

Es gibt nur eine Möglichkeit ihnen zu beweisen, dass du nicht verrückt bist: eine weitere Expedition nach Atlantis. Du benutzt das ganze Geld aus deinen Fernsehauftritten und Artikeln, um ein Schiff auszustatten, eine Mannschaft anzuheuern und die *Seeker* zu mieten. Die meisten Leute glauben, dass du nun völlig übergeschnappt bist, doch du wirst es ihnen schon zeigen!
An dem Ort, den du sorgfältig in deinen Karten markiert hast, gehst du mit der Kapsel in die Tiefe, und ohne lange suchen zu müssen, findest du die verborgene Grotte mit der runden Metallplatte wieder.
Sie riegelt einen verschlossenen Durchgang ab. Vorsichtig versuchst du, die Platte mit einem Bohrer zu öffnen, aber sie bewegt sich nicht. Es ist frustrierend, dem Geheimnis so nahe und doch so weit entfernt zu sein.

**Solltest du die Platte mit einem Laserstrahl aufbrechen?**
**Wenn ja, lies weiter auf Seite 99**

**Wenn du geduldig warten möchtest, bis man dich entdeckt hat und nach drinnen einlädt,**
**lies weiter auf Seite 100**

Die Vorstellung, ein Serum gespritzt zu bekommen und den Rest deines Lebens hier verbringen zu müssen, ist schrecklich und du überlegst dir einen Fluchtplan.
Als deine Wächter kurz abgelenkt sind, schleichst du dich davon und rennst zur Tür des Raumschiffs. Du denkst überhaupt nicht daran, dass ein Laserstrahl den Ausgang überwacht. Als du in seine Reichweite kommst, erstarrst du sofort. Die Atlantis-Menschen versammeln sich um dich herum und erklären dir, dass es 23 Jahre und 61 Tage in Erdenzeit dauern wird, bis die Wirkung des Lasers nachlässt. Erst dann wirst du eine zweite Chance bekommen.

**Ende**

80 Mehrere Wochen lang ringst du mit dir. Sollst du eine neue Expedition unternehmen? Das Geld wäre nicht das Problem, aber du hast Angst, dass die Entdeckung von Atlantis das Leben der Menschen dort zerstören würde. Weil du der Ansicht bist, dass ihre Zivilisation geschützt werden muss, beschließt du, das ganze Geld für die Weltraumforschung und die Suche nach Leben auf Planeten fremder Galaxien einzusetzen. Vielleicht wirst du die Bewohner von Atlantis ja eines Tages im Weltraum treffen.

## Ende

**Wenn dir dieses Ende nicht gefällt,
lies weiter auf Seite 113**

Es ist sicherlich schwierig zu fliehen, doch du weißt, dass du keine andere Wahl hast. Es ist wohl das Beste, wenn du erst zusagst, in ihrem Auftrag die Atlantis-Menschen auszuspionieren, um dir dann einen Fluchtplan auszudenken. Die Nodoors reagieren sehr zufrieden, als du ihnen sagst, dass du für sie arbeiten möchtest.
„Wissen Sie, die Atlantis-Menschen sind eifersüchtig auf uns. Wir müssen immer auf der Hut sein, sonst werden sie eines Tages in unser Gebiet eindringen und uns gefangen nehmen“, erklären sie dir.
Du kannst dir zwar nicht vorstellen, dass die Atlantis-Menschen in irgendeiner Weise auf die Nodoors eifersüchtig sind, doch du willst dich nicht mit ihnen streiten. Sie bringen dich an den Rand ihres Gebietes und du verlässt sie, um mit deiner Spionage zu beginnen. Bei den Atlantis-Menschen angekommen, bittest du darum, bei ihnen leben zu dürfen. Sie haben dir zwar gesagt, dass du ihre Unterwasserwelt nie wieder verlassen darfst, aber bestimmt wird es irgendwann einmal die Möglichkeit geben zu fliehen. Und außerdem wird es hier unten vielleicht sogar noch richtig interessant.

**Ende**

82

„Okay, ich mach's", sagst du schnell. „Ich werde mich euch anschließen und die Atlantis-Menschen für euch ausspionieren. Wer weiß, vielleicht sind sie ja gar nicht so übel, wie ihr alle denkt."

Die Nodoors sind begeistert, dass du ihnen helfen willst. Du bekommst ein Zimmer in einem großen Gebäude, in dem der Großteil der Nodoors lebt. Das Haus ist grau und unfreundlich und erinnert dich beim ersten Anblick sofort an ein Gefängnis. In der Nacht, als alle schlafen, gehst du ruhelos auf und ab. Dir wird klar, dass du dir dein eigenes Grab geschaufelt hast. Du merkst, dass die Nodoors von einem anderen Planeten kommen und nichts weiter sind als unzufriedene Außenseiter, mit denen die Atlantis-Menschen nichts zu tun haben wollen. Du hast dich für die falsche Seite entschieden.

## Ende

**Wenn dir dieses Ende nicht gefällt,
lies weiter auf Seite** **114**

Vielleicht kannst du ja von ihnen lernen, ebenso zufrieden zu leben. Du nimmst dir vor, ihre Geschichte eifrig zu studieren.
Als du den Atlantis-Menschen deinen Beschluss zu bleiben verkündest, wirst du freundlich und herzlich aufgenommen. Sie erklären dir, welche Aufgaben du bei ihnen erledigen kannst. Du entscheidest dich gleich dafür, bei der Unterwasser-Nahrungsproduktion mitzuarbeiten.
Atlantis war vor vielen tausend Jahren eine sehr fortschrittliche Zivilisation. Die Bewohner pflegten ihre guten und friedlichen Gedanken wie zarte, kleine Pflänzchen und entfernten die unerwünschten Hassgefühle wie Unkraut in einem Garten. Das Bewusstsein von jedem Einzelnen wurde zu einem großen glänzenden Universum – klar und unbegrenzt.
Deine Arbeit mit den Meerespflanzen und das Studium ihrer Geschichte nimmt dich so in Anspruch, dass du deine Mannschaft und die *Seeker* bald vergessen hast.

**Ende**

In dem Moment, wo du dich unbeobachtet fühlst, läufst du zum Tunnel und springst ins Wasser. Es gibt keine Alarmanlage und niemand verfolgt dich. Das überrascht dich, denn man hat dir gesagt, dass du nicht mehr zurückkehren kannst. Warum lassen sie dich nun so einfach entkommen?
Als du in Richtung Wasseroberfläche schwimmst, wirst du plötzlich bewusstlos. Du befindest dich so tief unter Wasser, dass du den Druck und den Sauerstoffmangel fast nicht aushalten kannst. Doch es muss ein Wunder geschehen sein, denn plötzlich kommst du wieder zu dir. Vor dir siehst du einen Seetangteppich. Du spürst, dass das Wasser hier schon wärmer ist als auf dem Meeresboden und du weißt, dass du nicht mehr weit von der Wasseroberfläche entfernt sein kannst.

**Lies weiter auf Seite 56**

Ratgeber des Königs! Was für eine Chance! Vielleicht kannst du dich als Berater bei ihm einschmeicheln und so den Leuten helfen, ihre Ziele durchzusetzen, denn du glaubst nicht, dass die Menschen egoistisch und faul sind. Der König braucht nur eine andere Sichtweise der Arbeit und des Lebens dieser Leute.

Noch am selben Tag wirst du zum besonderen Berater des Königs für die Forschungsbereiche Nahrungsmittel und Unterkunft ernannt. Du organisierst ein Treffen aller Leute, um die Nahrungspläne und Arbeitszeiten zu diskutieren. Der König ist froh, jemanden zu haben, der sich um diese Angelegenheiten kümmert, und legt alle Verantwortung in deine Hände. Er gibt dir ein Stück Land sowie ein großzügiges Gehalt. Du denkst dir neue Programme aus, bei deren Planung du die Leute immer einbeziehst. Geduldig hörst du dir ihre Klagen und ihre Vorschläge an und versuchst, das Bestmögliche für sie herauszuholen. Das Leben unter Wasser ist abwechslungsreich und erfüllt dich mit Zufriedenheit. Die Menschen hier sind freundlich und tüchtig und du findest viele nette Freunde. Es war eine weise Entscheidung hier zu bleiben.

**Ende**

Eigentlich möchtest du keine Revolte anführen, doch du spürst, dass die Leute dich brauchen. Also planst du das Theaterstück und der König ist froh, dass sein Volk beschäftigt und abgelenkt ist. Doch der Friede ist trügerisch, die Leute können es nicht erwarten, den König zu entmachten und frei eigene Entscheidungen zu treffen.

Am Abend der Aufführung ist das Theater voll besetzt und alle warten auf die Ankunft des Königs. Es gibt eine Verzögerung und die Menge wird nervös. Erst nach einer langen Wartezeit kommt ein Bote ins Theater und verkündet, dass der König plötzlich erkrankt sei und das Bett hüten müsse. Es sei nicht sicher, ob er überleben wird.

Du fragst dich, ob der König wirklich krank ist oder ob er irgendwie herausgefunden hat, dass ein Komplott gegen ihn geplant war. Die Leute reagieren sehr verwirrt auf diese Nachricht und wissen nicht, was sie nun tun sollen. Sie wenden sich an dich und du rätst ihnen, das Stück einfach trotzdem aufzuführen. Genau in diesem Augenblick taucht ein Trupp Soldaten auf und marschiert mit schnellen Schritten genau auf dich zu.

**Wenn du dich von ihnen festnehmen lässt,**
**lies weiter auf Seite** **120**

**Versuchst du zu fliehen?**
**Lies weiter auf Seite** **121**

„Berater eines schlechten Königs? Auf gar keinen Fall!“, entfährt es dir heftig. „Ich möchte nichts mit einem Tyrannen zu tun haben, der noch nicht einmal an das Gute im Menschen glaubt.“
Außerdem sagst du ihm ins Gesicht, dass die Leute mit seiner Regierung unzufrieden sind.
Eigentlich hast du damit gerechnet, dass er wütend auf deine Anschuldigungen reagiert, aber er antwortet nur:
„Dann gehen Sie am besten zurück und überzeugen sich selbst davon, dass die meisten von ihnen arbeitsscheue Nörgler sind.“
Als du zu deinen neuen Freunden zurückgekehrt bist, besprichst du mit ihnen, wie man den König und seine Gefolgschaft loswerden könnte. Ihr haltet geheime Treffen ab und arbeitet einen genauen Plan aus. Doch es soll gar nicht so weit kommen, denn an jenem Tag, an dem ihr euren Aufstand geplant habt, entdeckt jemand ein Leck in der Vulkanwand der Unterwasserwelt. Die gesamte Zivilisation ist in Gefahr. Jegliche Gedanken an eine Revolte sind vergessen. Die Bewohner von Atlantis müssen verhindern, dass sie vom Meer davongeschwemmt werden. Die Angst schweißt alle zusammen. Überleben ist jetzt das Ziel!

**Willst du mit ihnen in dieser Zeit der Not zusammenarbeiten? Lies weiter auf Seite 118**

**Wenn du die Notsituation für dich nutzt und einen Fluchtversuch unternimmst, lies weiter auf Seite 119**

Es gibt Menschen, die auf Delfinen reiten, und du hast auch schon Berichte von Tauchern gelesen, die sich kurze Zeit an den Flossen von Walen festhalten konnten und so von ihnen durchs Wasser gezogen wurden. Es klingt völlig verrückt, doch das könnte deine einzige Chance sein zu entkommen. Du verlässt die *Seeker*, schwimmst zu dem Wal und greifst nach seiner Flosse. Mit einer kraftvollen Bewegung schwimmt das gigantische Säugetier nach oben. Nur mit Mühe kannst du dich festhalten und gerade, als du glaubst, loslassen zu müssen, durchbricht der Wal die Wasseroberfläche. Vorsichtig, um ihn nicht zu verärgern, schwimmst du davon. Zwei Tage lang treibst du wie ein Korken auf dem Wasser. Dein isolierter Tauchanzug hält dich zwar warm und die speziellen Luftkammern sorgen dafür, dass du an der Oberfläche bleibst, aber du bist der brennenden Sonne schutzlos ausgeliefert und dich plagt schrecklicher Hunger und quälender Durst. Dennoch bist du unversehrt, als dich ein Suchhelikopter findet.

**Ende**

Es ist ihre Welt, doch du bist bereit, ihnen bei dem Plan, den Königs zu stürzen, zu helfen. Nur an der Revolte selbst willst du nicht teilnehmen.

Die Planungen machen es nötig, dass neue Anführer gewählt und neue Ziele festgesetzt werden. Du bist mehr und mehr in die Angelegenheit eingebunden und es juckt dich manchmal schon in den Fingern mitzumachen. Aber im Grunde möchtest du eigentlich nur in deine eigene Welt zurückkehren. Du hoffst, dass du dich zur *Seeker* davonschleichen kannst, wenn der Aufstand erst einmal begonnen hat. Sicher wird es so viel Menschengewirr und Trubel geben, dass du unbemerkt zur Wasseroberfläche auftauchen kannst.

Am Tag der Revolte spürst du die Aufregung der Menschen um dich herum genau und du kannst dem mutigen Unterfangen einfach nicht widerstehen. Also beschließt du, bei ihnen zu bleiben und ihnen zu helfen, wo du nur kannst. Die endlosen Übungen zahlen sich tatsächlich aus. Die sorgfältig ausgewählte Gruppe von Männern und Frauen überwältigt den König und seine Wachen mit Leichtigkeit. Die Revolte verläuft erfolgreich, ohne dass auch nur ein einziger Tropfen Blut vergossen wird.

Die Bewohner von Atlantis behandeln dich wie einen von ihnen und zum ersten Mal fühlst du dich auch so.

**Ende**

Du musst dir eingestehen, dass du absolut nicht weißt, was du tun sollst. Der Wal sieht ziemlich Furcht erregend aus und du hast keine Ahnung, wie du fliehen kannst. Also wartest du einfach ab und überlegst dir, was zu tun ist.
Es kommt dir vor wie eine halbe Ewigkeit, doch vermutlich sind erst wenige Minuten vergangen, als das mysteriöse U-Boot wieder auftaucht, ein Kabel an der *Seeker* befestigt und dich an die Wasseroberfläche schleppt. Dann verschwindet das Boot wieder in den Fluten des Ozeans und du kannst nichts weiter tun, als zu hoffen, dass die *Maray* vorbeikommt.

**Ende**

Die Elektronen wirbeln in Schwindel erregendem Tempo um dich herum und du fährst weiter, bis du eine Stelle erreichst, an der deine Instrumente anzeigen, dass es hier keine Zeit gibt. Die Uhr am Cockpit steht still, ebenso der Geschwindigkeitsmesser. Dein Herz hört auf zu schlagen und dennoch lebst du weiter. Jede Faser deines Körpers fühlt sich so lebendig an wie nie zuvor. Aus der Ferne hörst du wunderschöne Musik und siehst Lichter, die du gleichzeitig fühlen und schmecken kannst. Friede und Ruhe erfüllen dich und dir wird bewusst, dass andere Wesen ganz nah bei dir sind. Es ist niemand durch die einzige Luke der Kapsel gekommen und dennoch spürst du die Anwesenheit anderer. Als du dich umdrehst, entdeckst du drei Bewohner von Atlantis. Dann verstehst du, dass die Kapsel nur noch ein Gedanke ist und dass die Bewohner von Atlantis in dein Bewusstsein eingedrungen sind. Du versuchst, ebenfalls in ihre Gedanken zu gelangen, doch sie sagen dir, dass du noch nicht weit genug gereist bist, um ein Gedankenwanderer zu werden.

**Willst du aus dieser seltsamen Welt wieder heraus? Lies weiter auf Seite 101**

**Wenn du lieber auf der Gedanken-Zeit-Schiene reisen möchtest, lies weiter auf Seite 102**

Nein, du wirst nicht zum Erdmittelpunkt hinabtauchen. Du weißt, wenn man erst einmal die dünne Erdoberfläche hinter sich gelassen hat, wechseln die Regionen darunter von hartem zu geschmolzenem Gestein. So lautet zumindest die Theorie der Wissenschaftler. Eine solche Reise würdest du niemals überleben und außerdem hast du den Verdacht, dass deine Echolotausrüstung nicht mehr richtig funktioniert. Das Loch ist zwar tief, aber du glaubst nicht, dass es wirklich bis zum Mittelpunkt der Erde reicht. Vorsicht ist also geboten. Du machst die *Seeker* startklar und kehrst an die Oberfläche zurück, um dich mit den Wissenschaftlern an Bord der *Maray* zu beraten.

Deine Leute erklären dir, dass ihre Instrumente ebenfalls beschädigt sind. Die Vorboten eines Sturms können die Ursache dafür gewesen sein. Deine Leute selbst sind auch sehr vorsichtig und beschließen, die *Maray* von diesem seltsamen Loch wegzubringen. Ihr kehrt also zurück und du weißt, dass deine Chance, Atlantis zu entdecken, vorbei ist.

**Ende**

„Ich werde mit euch kommen. Ich möchte auch alle anderen Teile des Universums kennen lernen."
Dein Begleiter nickt erfreut: „Herzlich willkommen. Sie werden es nicht bereuen. Wir sind startklar."
Sie bringen dich in einen kleinen Raum und drei von ihnen stellen sich gemeinsam mit dir unter einen grellen Lichtstrahl. Du bewegst keine Faser deines Körpers, aber dennoch hast du das Gefühl, als würdest du dich mit rasender Geschwindigkeit fortbewegen. Es geht an der Sonne vorbei, durch die Milchstraße hindurch und weiter zu anderen Galaxien. Plötzlich befindest du dich auf dem Planeten Aygr, wo die Bewohner von Atlantis ursprünglich gelebt haben. Es ist eine Welt voller fantastischer Farben und Formen und die Stadt leuchtet wie tausende von Suchscheinwerfern. Ihre Gebäude bestehen aus purem Licht und pulsierender Energie. Du siehst keine Menschen, nur Umrisse aus hellerem Licht, die sich fortbewegen. Vor deinen Augen verwandeln sich einige dieser Silhouetten in Atlantis-Menschen.
„Unsere Körper spielen keine Rolle, nur die Energie ist wichtig. Sie können uns zwar sehen, aber wir gebrauchen unser äußeres Erscheinungsbild nur, um mit Erdenmenschen zu kommunizieren. Sie haben die Wahl, so zu bleiben, wie Sie sind, oder ebenfalls eine Verwandlung zu durchlaufen."

**Wenn du lieber in deiner eigenen Körperform bleiben möchtest, lies weiter auf Seite** **107**

**Willst du dich in eine Energieform umwandeln lassen? Lies weiter auf Seite** **108**

Fürs Erste hast du genug von Abenteuern. Die Reise zu einem fremden Planeten in einer anderen Galaxie birgt mehr Risiken, als du momentan eingehen willst. Außerdem denkst du, dass du später immer noch die Möglichkeit haben wirst, eine solche Reise nachzuholen.

Du sagst ihnen, dass du hier bleiben und in ihrer Gesellschaft arbeiten möchtest. Vielleicht kannst du ihnen ja mit deinen Kenntnissen über das Meer weiterhelfen. Sie besprechen deinen Fall mehrere Tage lang sehr ernsthaft. Als sie damit fertig sind, bieten sie dir zwei verschiedene Berufe auf Atlantis zur Auswahl an. Du kannst Farmer oder Musiker werden.

**Kannst du dir ein Leben als Unterwasser-Farmer vorstellen?**
**Lies weiter auf Seite 109**

**Würdest du lieber Musiker werden?**
**Lies weiter auf Seite 110**

Du versuchst, die Platte aus ihrer Verankerung zu sprengen. Für deinen Laserstrahl dürfte dieses Vorhaben kein Problem sein. Du drückst auf den roten Knopf, der die Laserkanone auslöst, und sofort schießt ein gleißender Strahl heraus – doch die Platte rührt sich nicht. Immer wieder feuerst du ab und jedes Mal wird die *Seeker* von der Kraft der Laserkanone erschüttert. Die reflektierende Energie beschädigt dein Gefährt, doch du hältst den roten Knopf gedrückt.
Plötzlich zuckt ein Blitz durch die Kapsel, die Laserkanone explodiert. Entsetzt schaust du auf das Chaos um dich herum. Die *Seeker* ist zerstört, doch die Platte bleibt nach wie vor fest verschlossen.

**Ende**

Gewalt sollte man höchstens zu seiner eigenen Verteidigung einsetzen. Du weigerst dich, auch nur daran zu denken, die Laserkanone zu betätigen. Dabei könnten Menschen zu Tode kommen und die Möglichkeit einer Freundschaft wäre auf jeden Fall zerstört. Also beschließt du, geduldig abzuwarten und zu hoffen, dass du entdeckt und eingeladen wirst.
Sechs Stunden lang sitzt du auf der Stelle und wartest auf ein Zeichen. Plötzlich nimmst du einen grünen Lichtschein wahr, in den die *Seeker* eintaucht. Die Platte wird wie von Geisterhand zur Seite geschoben, drei Gestalten tauchen auf und geben dir ein Zeichen, ihnen zu folgen.

**Folgst du ihnen?**
**Lies weiter auf Seite** **111**

**Wenn du lieber nicht mit ihnen gehen möchtest,**
**lies weiter auf Seite** **112**

Das ist einfach zu viel für dich. Bevor das Ganze zu einem richtigen Albtraum wird, beschließt du umzukehren. Doch das erweist sich als weit schwieriger, als du gedacht hattest. Die Elektronen wirbeln immer dichter um dich herum, als wollten sie dich an der Flucht hindern. Es ist sehr schwierig, die Kapsel durch dieses Atomgewirr zu steuern, denn deine Instrumente sind in dieser zeitlosen Umgebung völlig nutzlos. Die Gestalten von Atlantis verschwinden und plötzlich bist du in der zähen Schicht gefangen, die dich vorhin schon beinahe aufgehalten hätte. Sie klebt an der Tauchkapsel fest und behindert deine Weiterfahrt. Du gerätst in Panik und wünschst dir nichts sehnlicher, als dass du in deine Welt zurückkehren kannst.

Plötzlich verlierst du das Bewusstsein und kommst erst einige Stunden später wieder zu dir. Seltsamerweise trägst du deinen Tauchanzug und treibst direkt über dem Loch im Meer. Von der Tauchkapsel ist nichts zu sehen. Nun bist du völlig verwirrt. Hast du das alles nur geträumt? Langsam paddelst du an die Wasseroberfläche und hältst Ausschau nach der *Maray* – sie ist verschwunden. Du kannst nicht sagen, wie viel Zeit genau vergangen ist, aber dir ist klar, dass dich deine Mannschaft nun schon eine ganze Weile vermisst. Bestimmt sind sie umgekehrt, weil sie nicht mehr daran geglaubt haben, dich jemals lebend wiederzusehen. Diese Hoffnungslosigkeit erfüllt dich mit Angst. Die Wellen schaukeln deinen wehrlosen Körper hin und her, während du einsam und allein auf dem riesigen Ozean treibst. Mit jeder Minute spürst du, wie deine Arme und Beine schwerer und schwerer werden.

**Ende**

Ein Gedankenreisender! Das ist genau das, wovon du schon immer geträumt hast. Klar, du würdest liebend gern diese Kunst beherrschen, aber wie?
Mit leiser Stimme erklärt der Mann, der neben dir steht: „Die Zeit ist eine Erfindung der Menschen und existiert in Wirklichkeit gar nicht. Vergangenheit, Gegenwart und Zukunft unterscheiden sich nicht im Geringsten voneinander. Es kommt nur darauf an, sich zu konzentrieren und die Gedanken dorthin zu schicken, wo man sie haben möchte."
Du versuchst es, und zu deiner Verblüffung bist du bald am Tag deiner Geburt. Danach erlebst du deinen ersten Tauchgang ins Meer wieder. Dein Bewusstsein fliegt von einem Zeitpunkt deines Lebens zum nächsten. Aber als du versuchst, in die Zukunft zu gelangen, stößt du gegen eine Wand.
„Warum kann ich nicht in die Zukunft reisen?", fragst du die Leute von Atlantis.
„Nur Geduld", antworten sie. „Man kann nicht alles auf Anhieb können."
Plötzlich wirbelst du durch die Zeit in die weiter entfernten Teile des Universums, wo du spürst, wie das Licht durch dich hindurchwandert. Als du dich umdrehst, siehst du mit Erstaunen, dass du keinen Schatten wirfst. Dir wird ganz warm ums Herz und ein Gefühl von Frieden und Ruhe erfüllt dich.

**Willst du die Welt der Gedankenreisenden wieder verlassen, um zum Erdenleben zurückzukehren?**
**Lies weiter auf Seite 116**

**Wenn du noch länger bleiben möchtest,**
**lies weiter auf Seite 117**

Du hast eine Laserpistole, die du für Notfälle bei dir trägst. Es gelingt dir, ein Loch in die Wand des Strudels zu brennen und hindurchzutauchen. Vor deiner Nase schwimmen einige Fische, die sich über den fremden Eindringling wundern. Dahinter ist der Umriss eines Hais zu erkennen. Langsam, ohne Wellen zu verursachen, schwimmst du zur Wasseroberfläche und der Hai bleibt in der Tiefe zurück.
Die *Maray* ist nirgends zu entdecken. Als du dir gerade überlegst, wie lange du wohl auf Hilfe warten musst, wirst du von einem lauten Plätschern aus deinen Gedanken gerissen. Ein riesiger Wal schaut dich neugierig an und stößt feuchte Atemluft aus seinem Atemloch in die Höhe. Zügig schwimmst du in seine Richtung, brauchst aber trotzdem fast eine halbe Stunde, bis du ihn endlich erreicht hast. Er schenkt dir keinerlei Beachtung, als du auf seine Schwanzflosse kletterst und auf Händen und Füßen zum höchsten Punkt seines Rückens krabbelst. Es ist so anstrengend, als würdest du auf einen riesigen Felsen klettern.
Von dieser Höhe aus kannst du tatsächlich die Umrisse der *Maray* erkennen. Und das helle Glitzern eines Fernglases. Deine Leute beobachten den Wal. Erleichtert winkst du ihnen zu und bist dir sicher, dass sie dich ebenfalls entdeckt haben. Es kann nicht mehr lange dauern, bis sie dich retten werden.

**Ende**

104

Du wirst ohnmächtig und als du wieder zu dir kommst, treibst du auf dem offenen Meer. Es herrscht starker Seegang und die Sonne brennt auf dich herab. Der Strudel ist so plötzlich verschwunden, wie er entstanden ist. Dir ist schwindlig und du bist ziemlich erschöpft. Ganz vorsichtig streckst du deine Arme und Beine aus, um sicherzugehen, dass du dir nichts gebrochen hast. Als du versuchst, deinen Kopf unter dem Helm langsam zu bewegen, fährt dir ein stechender Schmerz durch die rechte Schläfe. Völlig bewegungslos wartest du, bis du das Geräusch eines Suchhubschraubers vernimmst. Verzweifelt versuchst du, dich bemerkbar zu machen, doch die Schmerzen sind zu groß. In den nächsten Minuten wird das Geräusch lauter und du hoffst, dass man dich entdeckt hat, doch dann dreht der Hubschrauber ab und verschwindet allmählich. Dir ist klar, dass er hierher nicht mehr zurückkehren wird. Der Schmerz an deiner Schläfe wird stärker und stärker. Du bist verloren.

## Ende

Die Wände des Strudels sehen wie massive Felsen aus, die bis zur Oberfläche reichen. Das Wasser dreht sich so schnell, dass das Zentrum völlig ruhig wirkt. Vielleicht ist es möglich, durch diese Ruhezone bis ganz nach oben zu schwimmen. Du hast keine andere Wahl, also schwimmst du los. Bevor du weißt, ob du überhaupt vorankommst, ändert der Strudel seine Richtung. Statt dich in die Tiefe zu ziehen, dreht er nun nach oben und schleudert dich in die Luft. Wie eine Fontäne schießt du in der Nähe der *Maray* aus dem Wasser. Deine Leute ziehen dich ins Schiff und schütteln ungläubig den Kopf, als du ihnen von deinem Erlebnis erzählst. Natürlich kann sich keiner vorstellen, dass deine Geschichte wahr ist. Doch das kannst du ihnen nicht verübeln. Schließlich findest sogar du, dass das alles ziemlich unglaublich klingt.

**Ende**

106

Auf dem Meeresboden befindet sich eine kleine Metallluke. Mit aller Gewalt ziehst du daran, doch sie lässt sich nicht öffnen. Nach einer kurzen Verschnaufpause siehst du dich um und erkennst, dass du von einer Wasserwand umgeben bist. Zwei Fische starren dich an. Es kommt dir vor, als ob du in einem Aquarium eingeschlossen bist, in dem dich die Fische beobachten können.
Plötzlich hörst du eine barsche Stimme, die dir befiehlt, durch die Luke einzutreten.
Mit einem etwas mulmigen Gefühl in der Magengegend gehst du vorsichtig einen Gang entlang, der in einen kleinen Raum führt. Dort wirst du von drei Leuten empfangen.

**Lies weiter auf Seite** 61

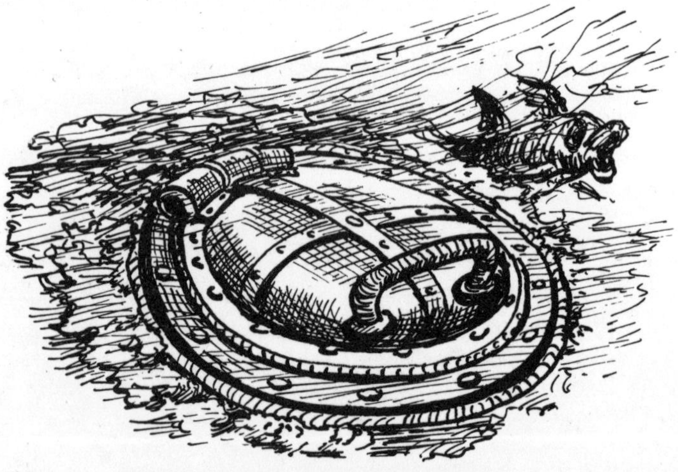

Du kannst deinen Körper doch nicht einfach aufgeben! Es mag für die Bewohner von Atlantis ja normal sein, ein Leben als reine Energieform zu führen. Doch du bist noch nicht so weit, um alles, was du von dir kennst, hinter dir zu lassen und so zu werden wie sie.

Es ist recht merkwürdig, sich zwischen den leuchtenden Silhouetten zu bewegen. Sie bitten dich, Vorträge über das Leben auf der Erde zu halten, und du willigst ein. Zwei Jahre lang unterrichtest du die Bewohner von Atlantis und erzählst ihnen alles über das Leben auf der Erde. Deine Schüler interessieren sich für alle möglichen Bereiche des Erdenlebens: Technik, Politik, Kriege, Religionen und vieles mehr.

Wenn du sie fragst, warum sie ein solches Interesse an der Erde haben, bekommst du nie eine befriedigende Antwort von ihnen. Eines Tages blickst du an dir hinab und siehst nichts als hell leuchtende Energie. Mit Schrecken wird dir klar, dass du einer von ihnen geworden bist und nur noch eine Silhouette bist.

## Ende

Du bist schon längst heimisch auf Atlantis, warum solltest du nicht voll und ganz zu ihnen gehören? Du blickst auf deine Hände und siehst, wie sie allmählich in einem warmen, gelben Licht erstrahlen. Das Leuchten wandert deine Arme und Beine entlang und dein Körper löst sich auf, bis du nur noch aus Energie bestehst. Glück und Zufriedenheit durchfluten dich. Nun kannst du schweben, fliegen oder dich an jeden denkbaren Ort beamen. Auch Wände sind kein Hindernis mehr für dich, du fließt einfach durch sie hindurch. Du brauchst weder Nahrung noch Schlaf und kannst durch die Zeit und sogar jederzeit zur Erde reisen. Das ist eigentlich genau das, wovon du schon immer geträumt hast.

## Ende

Die Farmarbeit unter Wasser macht dir viel Spaß. Außerhalb von Atlantis gibt es Felder mit Unterwasserpflanzen, die genau wie die Äcker auf der Erde bestellt werden. Die Bewohner von Atlantis gehen jeden Tag dorthin, um die Pflanzen zu ernten, zu pflegen und die Fische, die gerne die zarten Triebe anknabbern, zu vertreiben. Außerdem gibt es Anlagen mit Zuchtfischen, die ebenfalls betreut und gefüttert werden müssen. Die Arbeit unter Wasser ist schön und viel einfacher, als du erwartet hast. Es gibt jedoch auch einige Gefahren: Stachelrochen, Seeschlangen und gelegentlich auch Haie. Du musst vorsichtig sein, aber trotzdem genießt du das Farmleben auf Atlantis.

**Ende**

Musiker auf Atlantis! Wer hätte das gedacht? Du darfst dir ein Instrument aussuchen und betrachtest Wasserlauten, Meerestrommeln, Haiflöten und ein großes Sortiment an elektrischen Instrumenten, doch keines gibt hörbare Töne von sich. Die Bewohner von Atlantis erklären dir, dass man hier die Musik eher fühlen als hören kann. Das ist schon eine verrückte Welt, in der du jetzt lebst! Musik, die man nicht hören kann? Nach und nach lernst du, die Schwingungen mit den verschiedenen Teilen deines Körpers wahrzunehmen: mit den Beinen, dem Oberkörper, den Schläfen und den Fingerspitzen. Deine Faszination, Musik auf diese Art zu spüren, nimmt mit jedem Tag zu. Durch fleißiges Üben meisterst du diese neue Kunstform immer besser und wirst der berühmteste Musiker von Atlantis.

**Ende**

Diese Leute bringen dich in einen Schaltraum. Dort triffst du den Chef des Unterwasser-Forschungszentrums, der geheime Untersuchungen zum Leben unter Wasser anstellt. Er erklärt dir, dass es zu deinem Vorteil gewesen sei, die Laserkanone nicht eingesetzt zu haben, weil ihre automatische Laserabwehr dich und die Kapsel in Stücke gerissen hätte.
Nach einem leckeren Essen und einer Führung durch das Unterwasserlabor wirst du zu deiner Tauchkapsel geführt, um wieder zur Wasseroberfläche zurückzukehren. Sie raten dir freundlich, nie wiederzukommen, weil sie sonst gezwungen seien, dich für den Rest deines Lebens gefangen zu nehmen.

**Ende**

112 Als du dich weigerst, ihnen zu folgen, zieht einer von ihnen einen kleinen Handhypnotisierer hervor, mit dem du in tiefe Trance versetzt wirst. Du wirst durch einen langen Tunnel zu einem großen Unterwasserlabor geführt. Drei Leute kommen auf dich zu und heben den Trancezustand auf.

„Sie sind in eine geheime Militärbasis geraten. Wir entwickeln zu viele hochgeheime Pläne, um eine Entdeckung riskieren zu können. Es tut uns Leid, aber wir müssen Sie als Gefangenen hier behalten."

Es gibt kein Entkommen.

**Ende**

Lange und gewissenhaft denkst du darüber nach. Dann beschließt du, nach Atlantis zurückzukehren. Nachdem du die Entscheidung getroffen hast, willst du keine Zeit mehr verlieren. Du hast es so eilig, dass du ein kleines, schnelles Tragflächenboot mietest, das dich zu dem Ort auf dem Meer bringt, unter dem Atlantis liegt. Als du dort angekommen bist, beschließt du, einfach in deiner normalen Taucherausrüstung zu tauchen, obwohl du eigentlich wissen müsstest, dass es unmöglich ist, darin bis auf 700 Meter Tiefe zu gelangen. Doch plötzlich kommt ein Sturm auf und peitscht das Meer heftig auf. Als es endlich wieder aufklart, bereitest du dich auf den Tauchgang vor. Genau in dem Moment, als du ins Wasser springen willst, schaust du zum Himmel hoch und weit oben, über den Wolken, entdeckst du die bezaubernde Insel Atlantis.

## Ende

114

In der Nacht wirst du von Stimmen geweckt. Du stehst leise auf und lauschst. Dabei erfährst du, dass eine Gruppe von Nodoors einen Fluchtversuch plant. Sie möchten sich gerne den Atlantis-Menschen anschließen, weil sie glauben, dass das Leben auf Atlantis besser ist. Als du sie ansprichst, erzählen sie dir Geschichten aus ihrer Vergangenheit und berichten von der Dunkelheit und ihrer Angst und ihrer Suche nach Licht, Freundschaft und Wärme. Doch dann kommt alles ganz anders.

**Lies auf der nächsten Seite weiter.**

Plötzlich wird die Tür aufgestoßen und drei Wächter mit Spezialwaffen stürmen herein. Sie schießen und ein greller Lichtstrahl trifft dich. Du taumelst, fällst zu Boden und spürst gerade noch, wie sich dein Körper allmählich in Dampf auflöst.

**Ende**

Nach mehr als tausend Jahren Gedankenreise wirst du in den Hauptsitz der Gedanken gerufen. Dir wird gesagt, dass du nun zur Erde zurückkehren darfst. Du hast zwar ein ungutes Gefühl dabei, aber du möchtest herausfinden, was sich auf der Erde verändert hat, seit du auf Atlantis lebst.

Mit reiner Gedankenkraft beförderst du dich an die Wasseroberfläche und schwebst in etwa 300 Metern Höhe über die Länder der Erde hinweg. Was für ein Anblick! Als du die Welt umrundest, erkennst du, dass die großen Metropolen wie New York, London, Paris und Hongkong völlig von Pflanzen überwuchert sind. Die Straßen, die ehemals stark befahren waren und zu den Städten geführt hatten, sind kaum mehr zu erkennen. Aber die Menschheit ist nicht ausgestorben, denn es gibt Anzeichen für eine neue Besiedlung. Auf dem Land befinden sich Ansammlungen von neuen Gebäuden, doch du kannst keine Schornsteine erkennen. Es gibt nur wenige Straßen und keine Autos. Als du näher heranfliegst, erkennst du, dass die Leute ein ganz einfaches Leben führen und für Nahrung, Schutz und Kleidung selbst sorgen. Die Erde strahlt eine solche Zufriedenheit und Ruhe aus, dass du den Wunsch verspürst, ebenfalls wieder dort zu leben.

**Ende**

Eines Tages erklären dir deine Freunde, dass du zur Erde zurückkehren kannst, wenn du möchtest. Sorgfältig denkst du darüber nach und kommst zu dem Entschluss, dass dein jetziges Dasein genau das ist, was du dir schon immer gewünscht hast, und du beschließt zu bleiben.

## Ende

Vor vielen Jahrzehnten haben die Bewohner von Atlantis
118 Pläne für den Notfall ausgearbeitet, um im Falle einer Katastrophe schnell reagieren zu können. Die meisten von ihnen haben die Pläne ganz und gar vergessen oder waren damals noch gar nicht geboren. Doch ein sehr alter Mann erinnert sich, wo die Pläne und die dazugehörige Ausrüstung aufbewahrt werden.

Ihr arbeitet 72 Stunden lang ununterbrochen, um das einbrechende Wasser abzupumpen und eine Mauer um den Vulkanriss zu ziehen. Als schließlich die letzte Pumpe abgestellt wird, seid ihr völlig erschöpft, doch ihr habt den Kampf gegen das Meer gewonnen.

## Ende

Um dich herum bricht Panik aus. Die Menschen rennen kopflos umher und haben Angst, das Meer könnte sie begraben. Keiner wird bemerken, wenn du jetzt einen Fluchtversuch unternimmst. Du nutzt die Gunst der Stunde und läufst einen kleinen Gang entlang, der direkt zum Meer führt. Die Tür nach draußen ist sehr schwer und völlig verrostet, weil sie nur selten benutzt wird. Mit aller Kraft stemmst du dich dagegen und schließlich gibt sie den Weg zu einer Luftschleuse frei. Schnell drückst du den Notschalter und gleitest ins Wasser hinaus. Die *Seeker* ist immer noch an derselben Stelle, an der du sie zurückgelassen hast. Erleichtert kletterst du hinein und steuerst in Richtung Wasseroberfläche, wo die *Maray* noch auf dich wartet.

**Ende**

120 Es hat keinen Zweck, du kannst den Soldaten nicht entkommen. Sie fesseln dich und bringen dich zu ihrem König. Dieser wirft dir vor, genauso arbeitsscheu und hinterhältig wie alle anderen zu sein. Bis er sich mit seinen Leuten beraten hat, was mit dir geschehen wird, sollst du ins Verlies geworfen werden.

## Ende

Die Soldaten sind hinter dir her und du überlegst fieberhaft, wie du ihnen am besten entkommen kannst. Du rufst so laut wie möglich deine neuen Freunde zu dir. Alle anwesenden Leute folgen deinem Kommando, umringen dich und bilden eine starke Mauer gegen die Soldaten. Diese starren dich verblüfft an, zögern und verlassen dann schnell den Ort des Geschehens. Sie wissen, dass sie gegen eine solche Menschenmenge keine Chance haben.
Die Leute fordern, dass der Aufstand weitergehen soll, und kurz darauf begeben sich alle zum Wohnsitz des Königs. Auf dem Weg dorthin schließen sich immer mehr Menschen an und selbst die Soldaten des Königs sind zum Schluss dabei. Der Aufstand gelingt. Der König wird gefangen genommen und alle Bürger von Atlantis sind frei.

## Ende

Fabian Lenk

# Das Meer der 1000 Gefahren

Mit Illustrationen von Alexander Schütz

Mann, ist das ein Traum! Der Himmel ist blau und unendlich weit. Warm spürst du die Sonnenstrahlen auf deiner bereits leicht gebräunten Haut. Sanft streichelt eine Brise deine Haare. Und vor dir liegt das Meer! Auf den ersten Blick sieht es glatt aus, wie blank gefegt. Nicht einmal Wellen sind zu sehen.

Aber du weißt es besser. Denn du bist ein Taucher. Unter der Wasseroberfläche beginnt deine Welt. Die Welt voller schillernder Farben, fantastischer Tiere, einmaliger Korallen, eine Welt voller Überraschungen, aber auch Gefahren und Versuchungen. Immer tiefer hinabzugleiten, dahin, wo die Farben langsam verblassen und die Dämmerung anbricht, bis sie in ein schwarzes Nichts übergeht.

Du erschauderst leicht bei dem Gedanken an deinen nächsten Tauchgang. Denn er wird etwas Besonderes sein, schließlich bist du zum ersten Mal in deinem Leben im berühmtesten Tauchrevier der Welt: dem Great-Barrier-Reef in Australien mit seinen 71 Korallenriffen. Die schönsten Abschnitte liegen vor den Whitsundays, und genau hier hast du dein Quartier in einer Jugendherberge.

Ein Glück, dass dich deine Eltern allein reisen lassen. Sie machen unterdessen eine Kreuzfahrt. Da wärst du vor Langeweile gestorben, garantiert. Den ganzen Tag im Liegestuhl liegen und mampfen, mampfen, mampfen. Nein, das ist nichts für dich. Du bist ein Taucher, ein Sportler und Entdecker. Dich reizt das Extreme – und am Barrier-Reef, das die Eingeborenen Waga Gaboo nennen, wirst du es erleben.

**Lies weiter auf Seite** **8**

Aus der *Manta-Bar* hinter dir wird Musik laut. Ein cooler Sound. Du musterst die anderen Typen an der Theke. Kurze Jeans, lässige T-Shirts. Sie lachen viel, sind gut drauf. Die Typen gefallen dir. Also schlenderst du hin und sagst Hallo. Die Leute sind echt in Ordnung, stellst du schnell fest. Vor allem Ron, ein Typ mit etwa einer Million Sommersprossen um die spitze Nase. Der Freak hat rote Haare und grüne Augen. Er und seine Freunde sind Taucher. Klar, dass ihr sofort ein Thema habt. *Das* Thema. Jeder hat schon mal was Aufregendes erlebt. Du hast auch eine Menge zu erzählen. Trotz deines jugendlichen Alters hast du immerhin schon das CMAS-Abzeichen in Gold und über 50 Tauchgänge hinter dir. Seit deinem zehnten Lebensjahr gehst du mit dem Drucklufttauchgerät, das die meisten einfach „Flasche" nennen, auf dem Rücken runter. Die anderen lauschen dir gebannt, als du von deiner Begegnung mit dem Orca, einem so genannten Killerwal, erzählst. Aber der Orca hat dich nur interessiert angestarrt und ist weitergeschwommen.
„He, hört mal her!", ruft in diesem Augenblick Ken, dem die Strandkneipe gehört. Ken ist ein baumlanger Kerl mit einem gewaltigen Kreuz. Er dreht das Radio lauter.

**Lies weiter auf Seite 9**

„Wie aus Militärkreisen verlautete, ist gestern Nacht ein U-Boot vor den Whitsundays auf Grund gelaufen. Rettungsmannschaften gelang es zwar, das Boot zu orten. Doch bisher ist unklar, was aus der Besatzung geworden ist. Die Militärs halten den genauen Ort der Unglücksstelle streng geheim", tönt die Stimme aus dem Radio.
Sofort ist deine Neugier geweckt. Aber nicht nur deine.
„Das U-Boot will ich finden", flüstert Ron dir ins Ohr.
„Bist du verrückt? Wo willst du anfangen zu suchen?"
Ron grinst und seine Augen leuchten wie zwei Smaragde.
„Ich kenne mich hier gut aus", raunt er dir zu. „Ich habe eine Vermutung, wo das Ding liegen könnte. Kommst du mit? Man darf nie allein tauchen. Ich brauche einen Partner!"
Klar, das verstehst du. Aber sicher wäre es klüger, erst einmal an Land Erkundigungen über den genauen Ort der Havarie einzuziehen. Außerdem sagt dir dein Gefühl, dass dir die eigenmächtige Suche jede Menge Ärger einbringen könnte.
„Wenn wir das U-Boot finden, werden wir berühmt", lockt Ron.
„Ja, oder wir sind tot", erwiderst du. „Wir sind bestimmt nicht die Einzigen, die das Boot suchen."
„Da hast du sicher Recht", meint Ron grinsend. „Aber das macht es doch nur interessanter. Ich werde morgen mit der Suche beginnen. Bist du nun dabei oder nicht?"

**Wenn du dich Ron anschließt,**
**lies weiter auf Seite** **10**

**Wenn du dich erst mal an Land informierst,**
**lies weiter auf Seite** **12**

Was für ein Morgen! Noch ist es ein wenig kühl. Doch das wird sich bald ändern. Denn schon erhebt sich die Sonne wie ein riesiger roter Ball aus dem Pazifik. Der Wind hat das Meer aufgewühlt und Wellen aufgetürmt.

Ron schenkt dem Naturschauspiel keine Aufmerksamkeit. Er ist nur damit beschäftigt, die Ausrüstung durchzuchecken: Maske, Flossen, Schnorchel, Neopren-Anzüge, Bleigürtel, Atemregler, Flaschen, Jackets – ihr habt an alles gedacht.

„Okay", meint Ron, „dann kann es ja losgehen. Mein Boot liegt da drüben."

„Müssen wir weit raus?", willst du wissen.

„Ja, ein Stück", erwidert Ron reichlich vage und marschiert schwer bepackt auf den Steg hinaus. Ganz vorn liegt ein alter Kahn, der nicht sehr Vertrauen erweckend aussieht.

„Das nennst du ein Boot?", fragst du ungläubig. „Das Ding säuft doch in einer Badewanne ab!"

„Quatsch!", braust Ron auf. „Mit dem Boot war ich schon bei einem Orkan draußen. Komm jetzt!"

**Wenn du an Bord gehst,**
**lies weiter auf Seite** 13

**Wenn du lieber auf dem Steg bleibst,**
**lies weiter auf Seite** 14

Am nächsten Morgen hörst du dir die Nachrichten an. Aber es gibt keine Neuigkeiten über das U-Boot. Also läufst du zum Strand. Vielleicht hat dort jemand etwas aufgeschnappt. Leider Fehlanzeige. Es gibt zwar jede Menge Gerüchte, aber nichts Konkretes. Unschlüssig beginnst du am Strand entlangzulaufen.

Das Meer ist heute unruhig. Ein scharfer Wind pfeift dir um die Ohren. Wellen türmen sich auf. Ein idealer Tag für einen Tauchgang sieht anders aus. Macht nichts, es gibt auch an Land viel zu sehen.

Über dir kreischen ein paar Fregattvögel, und wenig später dreht sogar ein Seeadler seine majestätischen Runden. Wieder einmal fasziniert dich der unglaubliche Artenreichtum am Barrier-Reef.

Eine Viertelstunde später fallen dir zwei Männer auf, die ein Boot an den Strand ziehen und Taucherausrüstungen von Bord wuchten. Ein Mann hat ein Gewehr in der Hand! Als sie dich sehen, werden sie hektisch. Sie schultern ihre Ausrüstung und verschwinden schnell in Richtung eines windschiefen Hotels. Seltsam, denkst du. Haben die Typen etwas zu verbergen?

**Wenn du ihnen nachspionierst,**
**lies weiter auf Seite** **15**

**Wenn du am Strand weiter gehst,**
**lies weiter auf Seite** **16**

Dieser Kahn ist definitiv nicht seetüchtig. Das Ding ist jetzt schon ziemlich mit Wasser voll gelaufen. Und ihr habt noch nicht einmal abgelegt! Aber du bist keine Memme. Du verstaust deine Ausrüstung, während Ron versucht, den Motor zu starten. Nach einigen Anläufen hat dein Freund endlich Erfolg. Aber ohne ein Mechaniker zu sein, weißt du, dass dieser Motor nicht gut klingt. Er rasselt, klopft, hustet und spuckt.
„Mach die Leine los!", ruft Ron dir zu.
Zögernd gehorchst du und es geht los. Der Steg, deine Verbindung zum sicheren Ufer, entfernt sich weiter und weiter. Und tschüss! Du kauerst auf einem zerschlissenen Sitz und klammerst dich an deiner Tauchflasche fest.
Ron ist aufgestanden und steuert den Kahn einhändig durch den aufgewühlten Pazifik.
„Da!", ruft er plötzlich und deutet auf die See. Ein schmaler Streifen Land ist zu sehen.
„Hamilton Island", erklärt Ron und drosselt den Motor. „Hier ist das U-Boot untergegangen, wetten?"
Mag sein, denkst du. Aber dir gefällt überhaupt nicht, dass in Sichtweite zwei Schnellboote der Marine kreuzen.
„Lass uns hier suchen", schlägt Ron vor.

**Wenn du mit ihm tauchst,
lies weiter auf Seite 17**

**Wenn du ihn überreden willst umzukehren,
lies weiter auf Seite 18**

Ron ist stinksauer, aber das kannst du auch nicht ändern. Lieber einen Freund verlieren als das Leben. Du schaust ihm hinterher, wie er mit diesem Schrotthaufen von einem Boot zwischen den Wellenbergen verschwindet.
Du bemerkst einen schmalen Ölfilm ganz in der Nähe des Steges. Stammt das Öl von dem havarierten U-Boot? Oder hat Rons Boot es verloren?
Gleich wie, der Sache willst du auf den Grund gehen. Deswegen verstößt du gegen eine eiserne Taucherregel: Du beschließt, allein zu tauchen.
Das Meer ist hier bestimmt nicht tief, und das Ufer ist ja auch ganz in der Nähe. Du prüfst deine Flasche. Der Finimeter zeigt dir 200 bar an. Sehr gut, damit kannst du locker eine halbe Stunde unten bleiben. Nun drehst du das Handradventil ganz auf und dann wieder eine halbe Umdrehung zurück, kontrollierst Tiefen- und Zeitmesser und deine Kamera.
Alles okay, sagst du dir, aber du hast trotzdem ein mulmiges Gefühl. Doch du gibst dir einen Ruck, legst das Jacket an, schulterst die 13 Kilo schwere Flasche und lässt dich vom Steg ins Wasser gleiten.
Ein paar Clownfische begrüßen dich in der Welt, die du so liebst. Sie schwimmen nach rechts auf ein schönes Korallenriff zu. Links von dir entdeckst du einen dunklen Fleck auf dem sandigen Meeresboden. Du zögerst.

**Wenn du den Clownfischen folgst,**
**lies weiter auf Seite** **19**

**Wenn du zum dunklen Fleck schwimmst,**
**lies weiter auf Seite** **20**

Die Typen sind in dem Hotel verschwunden. Du schlenderst darauf zu. Die Scheiben der Bude sind zersprungen. Gras wächst auf der Veranda. Kein Zweifel – das Hotel ist geschlossen. Aber die Männer sind hineingegangen, da bist du dir absolut sicher. Was haben die da drin verloren? Du musterst die Fenster, die dir wie leere Augenhöhlen in einem alten Gesicht vorkommen. Da war doch was? Hat sich nicht ein Schatten bewegt? Es reizt dich, dich mal in dem Hotel umzusehen. Andererseits, wer weiß, was dich dort erwartet …

**Wenn du nicht hineingehst, lies weiter auf Seite** 21

**Wenn du dir das Hotel näher ansiehst, lies weiter auf Seite** 22

Das Hotel ist dir nicht geheuer, denn es sieht aus wie ein Geisterhaus. Du lässt es links liegen und spazierst weiter am Strand entlang. Aber die Sache lässt dir keine Ruhe. Die beiden Männer haben bestimmt Dreck am Stecken. Du ringst mir dir: Sollst du zur Polizei gehen und deine Beobachtungen melden? Oder bildest du dir alles nur ein?

**Wenn du zur Polizei gehst,**
**lies weiter auf Seite** **24**

**Wenn du nicht zur Polizei gehst,**
**lies weiter auf Seite** **25**

Ihr gleitet in die einzigartige Farbenwelt des Pazifiks. Schnapper und Korallenforellen umringen euch. Doch diesmal habt ihr dafür keinen Blick. Ron übernimmt die Führung und schwimmt auf einen riesigen Fels zu, der sich wie ein Dom vom Meeresgrund erhebt. Ein dunkler Gigant.
Ron hebt den Zeigefinger. Aufpassen, bedeutet das in der Tauchersprache.
Dann führt er beide Zeigefinger seitlich zusammen, zum Zeichen, dass ihr unbedingt zusammenbleiben sollt.
Du bildest mit Zeigefinger und Daumen einen Kreis und machst Ron damit klar: alles okay! Ihr lasst euch noch ein paar Meter absinken. Jetzt habt ihr fünfzehn Meter Tiefe erreicht. Ron schwimmt an dem großen Fels vorbei. Da seht ihr drei andere Taucher. Sie tragen dunkle Anzüge und Abzeichen. Ron stoppt und wirkt unschlüssig. Er wendet sich dir zu. Scheinbar will er wissen, was du meinst.

**Wenn du das Zeichen zum Umkehren gibst,
lies weiter auf Seite 26**

**Wenn du auf die anderen Taucher
zuschwimmen möchtest,
lies weiter auf Seite 27**

18

Ein hitziges Wortgefecht folgt, aber schließlich gibt Ron nach. Er wendet den Kahn und will wieder Richtung Heimat steuern. Da bemerkst du, dass eines der Militärboote Kurs auf euch nimmt. Du warnst deinen Kumpel.
„Das gibt Ärger!", vermutet Ron. „Am besten, wir hauen ab! Wir könnten zur Insel tauchen und uns dort verstecken!"
„Quatsch, wir haben doch nichts verbrochen", widersprichst du. „Halt an, wir schauen mal, was die wollen."
Kurz darauf holt euch das andere Schiff ein und fischt euch aus dem Pazifik. Der Kapitän baut sich vor euch auf und fragt: „Was habt ihr hier gesucht, Jungs? Diese Ecke gehört nicht unbedingt zu den typischen Tauchrevieren …"
Ron nickt dir zu. Du sollst das Reden übernehmen, soll das wohl bedeuten. Du überlegst fieberhaft.

**Wenn du dem Kapitän die Wahrheit sagst, lies weiter auf Seite** **28**

**Wenn du dem Kapitän eine Lügengeschichte auftischst, lies weiter auf Seite** **29**

Die Clownfische führen dich zu einem prächtigen Korallenriff. Dir gehen die Augen fast über, als du diese herrlichen Farben siehst. Gut, dass du deine Unterwasserkamera dabei hast. Schnell machst du ein Bild.
Plötzlich sind die süßen Clownfische verschwunden. Offenbar haben sie eine Gefahr bemerkt – nur welche? Du schaust dich um – und erstarrst. Ein gewaltiger Orca schwimmt majestätisch auf dich zu. Noch ist er ein gutes Stück entfernt. Du überlegst: Hast du noch genug Zeit, um davonzuschwimmen oder werden schnelle Bewegungen den mächtigen Räuber nur reizen?

**Wenn du davonschwimmen willst,**
**lies weiter auf Seite** **32**

**Wenn du dich nicht von der Stelle rührst,**
**lies weiter auf Seite** **30**

Du tauchst noch ein Stück hinab. Jetzt bist du dem dunklen Fleck ganz nah. Zweifellos ist das Öl. Stammt es vom U-Boot? Dein Puls beschleunigt sich. Nicht unbedingt, sagst du dir. Es könnte auch von irgendeinem Fischer- oder Tauchboot stammen. Aber würden die Einheimischen wirklich Öl ablassen und die einmalige Natur schädigen, von der sie leben? Ziemlich unwahrscheinlich ... Also könnte es doch vom U-Boot stammen. Du bist unschlüssig. Da entdeckst du unweit von dir einen weiteren dunklen Fleck und schwimmst dorthin. Der Fleck ist genau an der Kante eines unterseeischen Riffs. Am Fels entdeckst du Schleifspuren, als wäre hier vor kurzem etwas entlanggeschrammt! Langsam tauchst du zum Rand des Riffs. Es ist, als würdest du hoch oben auf einem Berg stehen und in einen gähnenden Abgrund hinunterschauen. Genau vor deiner Nase fällt der Meeresboden ab und öffnet den Blick in eine scheinbar bodenlose Tiefe. Liegt irgendwo dort unten das U-Boot?

**Wenn du hinabtauchst,
lies weiter auf Seite** **33**

**Wenn du lieber umkehrst,
lies weiter auf Seite** **34**

Als du hundert Meter zwischen dich und das Geisterhaus gebracht hast, atmest du auf. Zügig läufst du am Strand weiter und kommst nach einiger Zeit zu einer Strandbar. Durstig wie du bist, kaufst du dir ein Glas mit frisch gepresstem Orangensaft bei der jungen Frau hinter dem Tresen.
„Und? Bist du auch hinter dem U-Boot her?“, fragt sie.
„Ich? Wie kommst du denn darauf?“
„Nur so“, sagt sie und lacht. „Weil alle, die heute hier vorbeikommen, Polizisten, Journalisten und Taucher, nach dem U-Boot fragen.“
„So?“, meinst du und tust unbeteiligt.
„Ja, klar. Das ist hier *das* Thema. Das U-Boot ist hier in der Nähe verschwunden. Seitdem geht es rund. Alle suchen das U-Boot. Mein Vater übrigens auch. Der ist Meeresbiologe und befürchtet eine Umweltkatastrophe!“ Plötzlich senkt die junge Frau die Stimme. „Es handelt sich offenbar um ein Atom-U-Boot. Mein Vater meint, dass Radioaktivität aus dem Reaktor austreten könnte.“
„Das wäre wirklich eine Katastrophe!“, antwortest du.
„Allerdings. Mein Vater kommt hier vorbei, bevor er rausfährt und ein paar Messungen vornimmt.“
Sofort bist du Feuer und Flamme. Ob dich der Biologe mitnehmen würde?

**Wenn du auf den Biologen wartest,**
**lies weiter auf Seite** 35

**Wenn du weitergehst,**
**lies weiter auf Seite** 36

22

Entschlossen drückst du den Türgriff hinunter. Quietschend schwingt die Tür auf. Du betrittst den Gang mit zögerlichen Schritten. Du hältst inne und lauschst. Ein Rascheln direkt vor dir. Du siehst nach unten und unterdrückst einen Schrei. Eine fette Ratte ist in einem Loch in der Bodendiele verschwunden.
Wirklich nett hier, denkst du und wagst dich einen weiteren Schritt vor. Wo sind die Männer? Rechts ist eine weitere Tür. Du pirschst dich heran, sperrst erneut die Ohren auf. Nichts. Hier sind die Typen nicht. Also gehst du den düsteren Gang noch ein Stück weiter. Da führt eine Treppe nach oben.

**Wenn du hinaufgehst,
lies weiter auf Seite** **37**

**Wenn du lieber unten bleibst,
lies weiter auf Seite** **38**

24

Du läufst zur Uferstraße und hältst den Daumen raus. Vielleicht ist ja jemand so nett, dich zur nächsten Polizeistation zu kutschieren. Die Sonne sticht. Du hoffst auf einen vollklimatisierten Schlitten. Da rauscht ein BMW heran. Auf dem Dachgepäckträger sind zwei Surfbretter befestigt. Der Wagen bremst, die Scheibe geht runter. Ein junges Gesicht mit einer riesigen Sonnenbrille schaut dich an.
„Was liegt an, Mann?", wirst du gefragt.
„Ich muss zu Polizeistation. Nehmt ihr mich mit?"
Schallendes Gelächter ist die Antwort. Aber die Tür fliegt auf und du darfst dich auf die Rückbank zu drei weiteren jungen Typen quetschen.
Anscheinend feiern die hier eine Party. Bässe wummern aus den Boxen. Alle grölen mit. Der Fahrer donnert in einem halsbrecherischen Tempo die Straße hinunter. In jeder Kurve droht der Wagen von der Piste zu fliegen. Die Typen finden das alles offenbar urkomisch.
„Ist es noch weit bis zur Polizei?", brüllst du gegen die Musik an. Du hast eine Riesenangst.
„Hä? Keine Ahnung, Mann. Stress nicht rum, Alter, das ist uncool", kommt es zurück. „Bleib ganz locker." Eine Tankstelle taucht auf, und der BMW hält. Während der Fahrer tankt, laufen seine Freunde zum Kiosk. Auch du steigst aus. Kurz darauf soll die Fahrt weitergehen.

**Wenn du wieder einsteigst,
lies weiter auf Seite** **39**

**Wenn du nicht einsteigst,
lies weiter auf Seite** **40**

Du willst hier einen tollen Urlaub verbringen und niemanden mit komischen Verdächtigungen nerven. Also läufst du an diesem Prachtstrand entlang und lässt die Seele baumeln. Das Leben kann so schön sein, wenn man am Barrier-Reef ist. Warum soll man sich mit etwas belasten, was vielleicht sein könnte? Nein, du genießt das Leben, legst dich in den Sand und schaust auf das Meer, kaufst dir ein großes Eis an einer Strandbude und schmiedest Pläne für deinen nächsten Tauchgang.

Am nächsten Morgen kaufst du dir in aller Frühe eine Zeitung. Die Schlagzeile haut dich fast um: „Schmugglernest ausgehoben" steht da in großen Buchstaben. Daneben prangt ein Foto von dem baufälligen Hotel. Rasch überfliegst du den Text. Unbekannte haben offenbar eine geschützte Schildkrötenart gejagt und einige Tiere erlegt. Jedenfalls hat man in dem Hotel welche gefunden. Von den Jägern fehlt jedoch jede Spur. Plötzlich fühlst du dich ganz, ganz mies. Du hättest vielleicht dafür sorgen können, dass man die Kerle schnappt. Aber nein, du bist ja lieber ein Eis essen gegangen. Du bist wirklich ein toller Held!

**Ende**

**26**

Du gibst das Zeichen zum Umdrehen, und dein Kumpel folgt dir. Ohne von den anderen Tauchern bemerkt zu werden, verkrümelt ihr euch. Ihr macht einen weiten Bogen um die Stelle, wo ihr das Trio gesehen habt.
Einmal mehr fasziniert dich die herrliche Unterwasserwelt am Barrier-Reef. Schade nur, dass es Ron so eilig hat. Er scheint ein konkretes Ziel zu haben und schwimmt zielstrebig darauf zu. Sein Tempo ist ganz schön anstrengend. Du versuchst, langsam und gleichmäßig zu atmen, um die kostbare Atemluft in deiner Flasche nicht zu schnell zu verbrauchen. Doch nach einer Viertelstunde hast du nur noch 50 bar. Du holst Ron ein und zeigst ihm die rechte Faust. In der Tauchersprache heißt das: Vorsicht, ich bin schon auf Reserve!
Normalerweise muss man jetzt möglichst bald wieder nach oben an die Wasseroberfläche. Doch Ron antwortet mit den Zeichen „Nein“ und „Abtauchen“. Er will noch weiter runter, obwohl ihr schon knapp 30 Meter tief seid!

**Wenn du Ron folgst, lies weiter auf Seite 41**

**Wenn du Ron überzeugen willst,
dass ihr wieder auftauchen müsst,
lies weiter auf Seite 44**

Du deutest in die Richtung des Trios und schwimmst los. Was sollen euch die Typen schon groß tun?, denkst du dir. Außerdem bist du neugierig, was die Abzeichen zu bedeuten haben.
Kurz darauf habt ihr die kleine Gruppe erreicht. Dir fällt auf, dass die Männer mit Kameras und starken Strahlern ausgerüstet sind. Zwei von ihnen haben schwere Harpunen in den Händen. Das gefällt dir überhaupt nicht, aber das ist jetzt zu spät. Du hebst die Hand zum Gruß. Doch die freundliche Geste wird nicht erwidert. Die Männer starren euch an, und trotz der Taucherbrillen erkennst du, dass sie nicht begeistert sind, euch hier unten zu treffen.
Jetzt gibt einer der Männer euch das Zeichen zum Auftauchen. Das passt dir nicht, denn du willst ja das U-Boot finden. Und für einen späteren, zweiten Tauchgang wird die Luft in deiner Flasche nicht reichen.

**Wenn du dem Unbekannten gehorchst, lies weiter auf Seite** 42

**Wenn du weiter nach dem U-Boot suchen möchtest, lies weiter auf Seite** 45

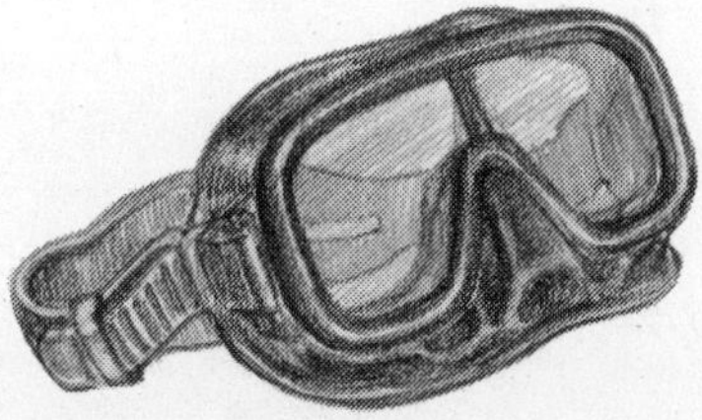

„Wir haben von dem U-Boot gehört", gibst du zu. „Und das hat uns neugierig gemacht."
Die Miene des Kapitäns verfinstert sich.
„Ihr wolltet spionieren?"
„Nein", sagst du schnell. „Aber für zwei begeisterte Taucher wie uns ist das natürlich etwas Besonderes. Wir haben schon viel unter Wasser gesehen – aber ein echtes U-Boot …"
„Ach so", meint der Kapitän gedehnt. Er reibt sein Kinn und scheint zu überlegen, ob er euch glauben soll. Dann ruft er seinen ersten Offizier zu sich. Die Männer gehen ein paar Schritte zur Seite und beratschlagen. Ihr versteht kein Wort. Auf deiner Stirn bilden sich ein paar Schweißperlen. Was haben die Männer vor? Endlich kommt der Kapitän zu euch zurück.
„Okay", sagt er. „Ich glaube euch. Aber ihr müsst bei uns an Bord bleiben, bis unsere Operation beendet ist. Ich kann es mir nicht erlauben, dass ihr hier herumschippert."
„Welche Operation?"
„Das ist geheim!", erwidert der Kapitän gereizt. „Und jetzt hör auf, Fragen zu stellen!"
Du lässt dir nicht gern den Mund verbieten. Außerdem hast du keine Lust, auf dem Militärboot zu bleiben. Das grenzt ja an Freiheitsberaubung!

**Wenn du protestierst,
lies weiter auf Seite** **46**

**Wenn du den Mund hältst,
lies weiter auf Seite** **47**

„Wir sind rein zufällig hierhergekommen", erzählst du.
„Ach wirklich?"
„Ja", rufst du und deine Stimme klingt hell und falsch. „Wir wollten zu dem tollen Riff und dabei haben wir …"
„Erzähl mir keinen Unsinn!", brüllt der Kapitän. „Ich weiß genau, dass hier kein Tauchrevier ist!"
„Mag ja sein", stammelst du. „Gerade deshalb wollten wir hier, äh, na ja, sozusagen Neuland entdecken …"
„Hör bloß auf! Es reicht!", schnauzt dich der Kapitän an. „Ihr wolltet spionieren und nach dem U-Boot tauchen. Ich weiß nicht, in wessen Auftrag ihr arbeitet, doch das werden wir noch herausfinden. Verlasst euch darauf! Aber jetzt habe ich andere Sorgen." Der Kapitän ruft zwei Wachoffiziere, die euch in eine winzige Kammer sperren.
„Wir werden ausbrechen", sagt Ron, sobald ihr allein seid.
„Wie das?"
„Ganz einfach", wispert Ron, „wir verlangen nach Wasser. Und wenn jemand kommt, schlagen wir ihn nieder und hauen ab!"

**Wenn du mitmachst,
lies weiter auf Seite 48**

**Wenn du dagegen bist,
lies weiter auf Seite 49**

Du bewegst dich keinen Millimeter, bleibst völlig ruhig. Der Orca kommt auf dich zu. Du hast Angst wie noch nie in deinem Leben. Am liebsten hättest du deine verdammte Angst in den Ozean gebrüllt. Aber das Mundstück des Atemreglers sitzt wie ein Knebel in deinem Mund.
Der Orca ist nun unmittelbar vor dir. Er fixiert dich mit seinen kleinen, wachsamen Augen.
Schwimm weiter!, betest du. Dann passiert etwas Wunderschönes: Hinter dem Orca taucht ein Junges auf! Das sieht richtig niedlich aus. Spontan greifst du nach deiner Kamera. So ein Foto wäre ein Traum. Aber was ist mit dem Blitzlicht, wie reagieren die Orcas darauf?

**Wenn du das Fotos machst,
lies weiter auf Seite** 50

**Wenn du das Foto lieber nicht machst,
lies weiter auf Seite** 51

Du bist ein ausgezeichneter, pfeilschneller Schwimmer. Das glaubst du jedenfalls, als du die Flucht ergreifst. Aber du begehst einen absolut tödlichen Fehler. Mit deinen hektischen Bewegungen hast du den Jagdinstinkt des Orcas geweckt. Und nun hat er dich zum Fressen gern.

## Ende

Langsam gleitest du hinab. Das Tageslicht schwindet allmählich. Die leuchtenden Farben der Korallen scheinen langsam zu verblassen. Ein diffuses Halbdunkel umgibt dich. Panik macht sich in dir breit, denn du hast plötzlich das Gefühl, nicht mehr zu wissen, wo oben und unten ist. Du hältst inne, beruhigst dich und machst wieder einmal einen Druckausgleich. Dabei schaust du auf deinen Tiefenmesser. 30 Meter, das ist die Grenze, die kein Taucher überschreiten sollte. Das weißt du. Aber sollst du jetzt wieder höher tauchen, obwohl du das U-Boot noch nicht gefunden hast?
Nein!, sagst du dir und lässt dich weiter absinken. 35 Meter, 40 Meter. Ein Blick auf deinen Sauerstoffvorrat. 50 bar. Du müsstest eigentlich umkehren! Aber ist da unten nicht ein gewaltiger Schatten? Ein länglicher Körper! Ein U-Boot?

**Wenn du tiefer tauchst,**
**lies weiter auf Seite** **54**

**Wenn du den Tauchgang abbrichst,**
**lies weiter auf Seite** **52**

Du bist vernünftig und beschließt umzukehren. Schließlich geht dein Sauerstoffvorrat auch zur Neige.
Kurz darauf tauchst du wieder auf. Aber was ist das? Etwa fünfzig Meter von dir entfernt dümpelt eine Jacht im Ozean – und lässt Öl ab! Unglaublich! Das Öl wird eine Umweltkatastrophe auslösen!
Die Täter wirst du zur Strecke bringen, das ist für dich in diesem Moment beschlossene Sache. Schon hast du deine digitale Unterwasserkamera zur Hand und schießt ein paar Fotos. Der Name des Bootes ist gut zu sehen. Die Jacht heißt „Conqueror II“. Das wird als Beweis reichen, wenn du die Umweltsünder anzeigst.
Als du wieder durch den Sucher der Kamera blickst, gerät ein Besatzungsmitglied ins Bild. Der Kerl fuchtelt aufgeregt mit den Armen und deutet auf dich. Mist, man hat dich entdeckt! Die Jacht dreht bei und nimmt Kurs auf dich! Was nun? Blitzschnell abtauchen wäre jetzt natürlich praktisch, aber du hast kaum noch Luft in der Flasche …

**Wenn du abtauchst,
lies weiter auf Seite** **55**

**Wenn du an der Wasseroberfläche bleibst,
lies weiter auf Seite** **56**

Nach einer halben Stunde lernst du den Biologen Dr. Richard Walken kennen. Er ist ein spindeldürrer Mann mit einem weißen Vollbart und kleinen, flinken Augen.
„Ja", sagt er auf deine Frage. „Wenn das U-Boot ein Leck haben sollte, besteht natürlich die Gefahr, dass Radioaktivität austritt."
„Aber die Regierung wird doch alles unternehmen, um das Leck abzudichten", glaubst du.
„Ich fürchte, dass die nicht mit offenen Karten spielt. Wahrscheinlich wird die Regierung versuchen, die Panne zu verheimlichen. Aber um das zu verhindern, bin ich hier."
„Sie wollen also rausfahren und Tests machen?"
„Genau das. Ich habe gehört, dass du Taucher bist. Ich könnte dich brauchen. Aber ich muss dich warnen. Wir wissen nicht, was uns da draußen erwartet. Die Gammastrahlung, wenn es sie denn gibt, wäre auch für uns eine tödliche Bedrohung", gibt Dr. Walken zu bedenken.

**Wenn du mitfahren willst,
lies weiter auf Seite 57**

**Wenn du lieber an Land bleibst,
lies weiter auf Seite 58**

**36**

Geduld ist nicht deine Stärke. Also sagst du dem netten Mädchen Auf Wiedersehen und gehst weiter am Strand entlang. Das Wetter ist schön. Das Meer scheint sich allmählich zu beruhigen. Du bist gut drauf und hast keine Lust, dich mit Problemen zu belasten. Also verbringst du einen schönen, faulen Tag am Strand.

Doch am nächsten Tag folgt die Ernüchterung. Im Radio kommt die Nachricht, dass ein Meeresbiologe einen ungeheuerlichen Umweltskandal aufgedeckt hat. Aus dem havarierten U-Boot ist Radioaktivität ausgetreten. Das haben Messungen des Meeresbiologen ergeben. Angeblich hat die Regierung versucht, den Skandal zu vertuschen, weil man einen Imageschaden für die Marine befürchtet habe. Der Biologe ist jetzt ein gefragter Mann in den Medien.

Tja, das hättest du sein können, aber diese Einsicht kommt jetzt zu spät.

**Ende**

Vorsichtig schleichst du die Treppe hinauf. Wieder ein Gang, wieder mehrere Türen. Du hältst inne. Gemurmel dringt an dein Ohr. Dein Puls beschleunigt sich. Hinter der Tür da rechts müssen die Typen sein. Was die wohl zu bereden haben? Auf Zehenspitzen pirschst du dich heran. Jetzt ist die Tür genau vor dir. Sie steht einen Spalt offen – ideal.
„Wir warten, bis es dunkel ist", sagt eine Stimme. „Dann gehen wir noch mal raus."
„Wir nehmen die starken Lampen mit", antwortet der andere. „Mit denen werden wir das U-Boot schon finden. Immerhin kennen wir die exakte Lage."
Ein Stuhl wird gerückt. Du bekommst einen Mordsschreck. Ist einer der beiden Kerle aufgestanden und kommt auf die Tür zu, hinter der du stehst?

**Wenn du wegläufst,**
**lies weiter auf Seite** **59**

**Wenn du stehen bleibst,**
**lies weiter auf Seite** **60**

38

Die Treppe sieht ziemlich baufällig aus. Da du dir kein Bein brechen willst, beschließt du, das Detektivspiel abzubrechen und das alte Haus zu verlassen.
Unabsichtlich stößt du mit dem Fuß gegen eine rostige Gießkanne, die hier wohl jemand vergessen hat. Sie fällt um. Was für ein Lärm!
Ängstlich lauschst du in das Haus. Im Obergeschoss werden Stimmen laut. Wütende Stimmen! Schwere Schritte stürmen über die Bohlen. Gleich wird jemand die Treppe herunterkommen!
Also waren die Typen doch im Haus! Und was jetzt? Du musst dich verkrümeln, und zwar fix! Eine Truhe fällt in dein Blickfeld. Wenn sie leer wäre, könntest du dich darin verstecken!

**Wenn du dich in der Truhe versteckst,
lies weiter auf Seite** 61

**Wenn du eine andere Möglichkeit suchst,
lies weiter auf Seite** 62

Wird schon gut gehen, denkst du, als du wieder in den Wagen steigst.
Der Fahrer gibt Gas, und das Auto fliegt förmlich über die Straße. Ein aktueller Hit dudelt aus den Boxen. Wieder singen alle mit. Alle, bis auf dich. Denn dir wird allmählich schlecht bei diesem Fahrstil.
In einer scharfen Linkskurve verliert der Fahrer die Kontrolle über das Auto. Der Wagen walzt zwei Leitpfosten nieder, hebt wie ein Skispringer ab, sägt im Flug ein Weidegatter um und prallt gegen einen Strommast. Du spürst einen gewaltigen Schlag, dann wird es dunkel um dich.
Als du wieder aufwachst, liegst du im Krankenhaus. Du zählst deine Knochen und hast das Gefühl, dass noch alle da sind. Aber dein linkes Schienbein ist gebrochen. Von der netten Krankenschwester hörst du, dass auch die anderen Typen in dem Auto den Unfall überlebt haben. Wenigstens das, denkst du. Aber dein Urlaub ist erst einmal zu

**Ende**

„Wie, mein Fahrstil passt dir nicht?", fragt der Typ mit der riesigen Sonnenbrille ungläubig.
„Ehrlich gesagt fährst du wie eine gesenkte Sau", meinst du.
Der Fahrer nimmt die Sonnebrille ab und wendet sich an seine Freunde.
„Habt ihr das gehört, Jungs?"
„Stimmt doch!", ruft einer und lacht aufgedreht. „Deswegen fahre ich ja so gern bei dir mit! Da ist immer was los!"
„Siehst du, meine Kumpel mögen meinen Fahrstil", sagt der Fahrer zu dir und tippt dir auf die Brust. „Also liegt es an dir. Du bist offenbar ein Spießer, der sich an jedes Tempolimit hält."
Du lässt dich auf keine weiteren Diskussionen ein und gehst grußlos. Kurz darauf nimmt dich ein älteres Ehepaar in seinem Kleinwagen mit. Die freundlichen alten Leutchen reden ohne Unterlass auf dich ein und bitten dich zu einem Stück Kuchen zu sich nach Hause. Ganz in der Nähe läge auch die Polizeistation. Du magst Kuchen und Hunger hast du auch.

**Wenn du die Einladung annimmst,
lies weiter auf Seite** 63

**Wenn du Einladung ausschlägst,
lies weiter auf Seite** 66

Tief und tiefer geht es hinab. Das gefällt dir gar nicht, aber du willst kein Spielverderber sein. Wenn du auftauchst, muss Ron dir folgen. Taucher müssen immer zu zweit sein. Das ist eine eiserne Regel.
Jetzt habt ihr 40 Meter Tiefe erreicht. Das ist die Grenze für alle Sporttaucher.
Ihr seid fast am Meeresboden. Noch ein Blick auf deinen Luftvorrat: 25 bar! Ihr müsst zurück! Aufgeregt gibst du Ron Zeichen, aber der winkt ab. Was hat er nur vor? Du bist der Verzweiflung nah und willst schon umdrehen, als Ron auf etwas deutet, das genau vor euch liegt. Und da ist es – das U-Boot! Ron schwimmt darauf zu.

**Wenn du Ron folgst,
lies weiter auf Seite** 64

**Wenn du jetzt auftauchst,
lies weiter auf Seite** 67

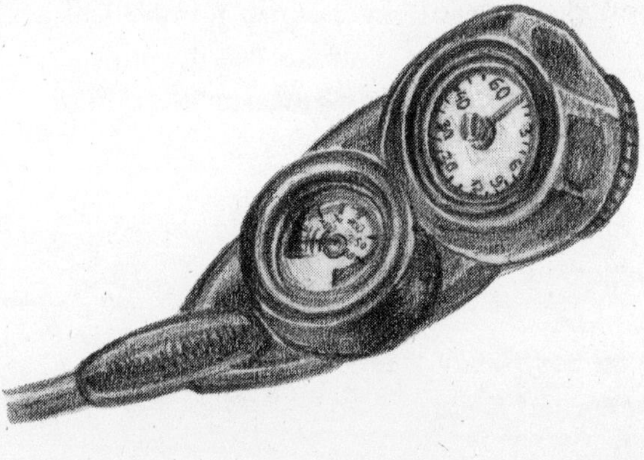

Die Harpunen machen dir solche Angst, dass du lieber gehorchst. Auch Ron ist offenbar deiner Meinung.
Kurz darauf seid ihr wieder an der Wasseroberfläche. Du nimmst das Mundstück raus und rufst den Unbekannten zu: „Hallo, wie geht's?"
Die Männer sehen dich fragend an und rufen sich etwas in einer Sprache zu, die du noch nie gehört hast. Dein mulmiges Gefühl verstärkt sich schlagartig.
„Okay, Jungs, war nett, euch kennen zu lernen", sagst du. „Wir schwimmen zurück zu unserem Boot. Tschüss!"
Du und Ron wollt schon wegschwimmen, als euch ein lautes Kommando stoppt. Die Harpunen sind auf eure Köpfe gerichtet. Die Männer schreien euch an. Ihr versteht immer noch kein Wort, aber ihre Gesten sind unmissverständlich. Die Typen deuten auf ein schnittiges Boot, das etwa zwanzig Meter entfernt vor Anker liegt. Ron nickt dir zu. Ist wohl besser, wenn ihr den Typen folgt.
Man zerrt euch an Bord. Die Kerle sind sehr wütend. Offenbar seid ihr ihnen bei irgendetwas in die Quere gekommen. Sie diskutieren lebhaft.
Vielleicht sind es ja Spione!, durchfährt es dich.
Du musst Hilfe holen! Dein Blick fällt auf eine Bank an Deck. Da liegt eine Jeansjacke, und aus der Brusttasche ragt ein Handy. Im Moment schenkt dir niemand Beachtung …

**Wenn du nach dem Handy greifst, lies weiter auf Seite** 68

**Wenn du das Handy lässt, wo es ist, lies weiter auf Seite** 69

44

Mit vielen Handzeichen überzeugst du Ron, dass ihr umdrehen müsst.
Das war verdammt knapp. Als ihr auftaucht, ist die Luft in euren Flaschen fast komplett verbraucht.
„Schade", ruft Ron dir zu. „Wir waren bestimmt schon ganz in der Nähe des U-Boots!"
„Wir kommen wieder", versuchst du ihn zu trösten.
Da fällt dir ein kleines Boot auf, das Kurs genau auf euch nimmt. Die Besatzung besteht aus drei unfreundlich dreinblickenden Soldaten. Sie ziehen euch aus dem Wasser und wollen wissen, was ihr hier verloren habt.
„Wir sind Taucher, wie man sieht", gibst du reichlich kühn zurück.
„Spar dir deine Witzchen", knurrt einer der Männer, der ein Offizier ist. „Ihr bewegt euch in militärischem Sperrgebiet. Ihr werdet euch jetzt in euren Kahn setzen und schön brav an den Strand zurücktuckern. Wir werden euch begleiten und euch euren Eltern übergeben."
„Vielleicht sollten wir die beiden Vögel gleich zur Polizei bringen", schlägt einer der Soldaten vor.
„Mal sehen", knurrt der Offizier.

**Lies weiter auf Seite** 70

Du lässt dir von niemandem etwas vorschreiben und schon gar nicht von irgendwelchen unbekannten Heinis. Ron ist deiner Meinung. Und so dreht ihr einfach ab und schwimmt weg. Ein tödlicher Fehler.
Die Herren mit den Harpunen sind Spione einer feindlichen Supermacht. Sie wollen das havarierte U-Boot ausspionieren und können eines ganz bestimmt nicht brauchen: Zeugen wie dich und Ron! Sie beseitigen euch mit ihren Harpunen.

## Ende

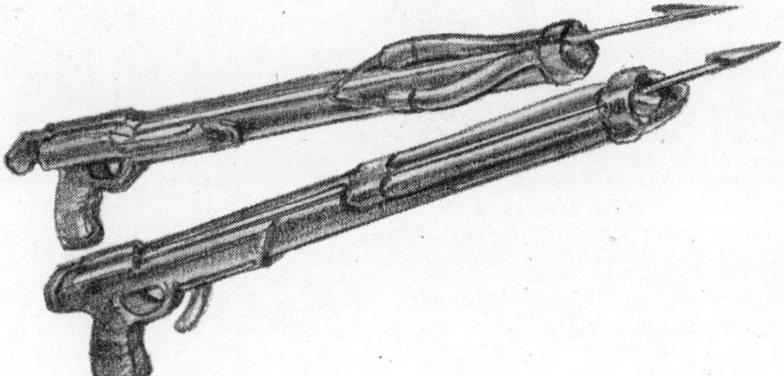

46

„Sie haben kein Recht, uns hier festzuhalten", begehrst du auf.

Ron wirft dir einen anerkennenden Blick zu. Scheinbar bewundert er deinen Mut.

Der Kapitän sieht dich an, als würde er am liebsten in seine Mütze beißen. Eine Minute ringt er mit sich, dann gibt er nach.

„Also schön, dann werdet ihr mit eurem Boot zum Strand zurückfahren. Aber ich werde ein Beiboot mit zwei Männern abstellen, die euch begleiten, damit ihr nicht wieder auf dumme Gedanken kommt."

**Lies weiter auf Seite** 70

Du bleibst ganz brav, obwohl es dir schwer fällt. Immerhin wird dir nicht langweilig, denn du und Ron werdet Zeugen einer spannenden Aktion.
Immer wieder werden Taucher losgeschickt. Es fällt nicht weiter auf, dass du dich in Hörweite an der Reling postierst. So bekommst du mit, dass die Taucher das U-Boot gefunden haben. Du erfährst, dass es der Besatzung gut geht und man sie retten kann.
Doch es gibt auch schlechte Nachrichten. Offenbar ist das U-Boot wegen eines technischen Defekts auf Grund gelaufen. Das ist eine dicke Blamage für die Marine. Und das soll unbedingt geheim gehalten werden! Vor allem die Presse darf nichts erfahren, ordnet der Kapitän an.
Das darf ja wohl nicht wahr sein!, denkst du. Diesen Plan musst du verhindern. Nur wie? Du schaust dich um. Dein Blick fällt auf den Funkraum.

**Wenn du versuchst, ans Funkgerät zu gelangen,
lies weiter auf Seite** **71**

**Wenn du bleibst, wo du bist,
lies weiter auf Seite** **72**

Ihr trommelt mit den Fäusten gegen die Tür, bis ihr eine Stimme hört.

„Was ist los?"

„Wir haben schrecklichen Durst!"

Ein Fluch ist zu hören, dann wird ein Schlüssel ins Schloss gerammt und die Tür schwingt auf. Ein unrasiertes Gesicht taucht auf. Blitzschnell holt Ron aus und verpasst dem Matrosen einen perfekten Kinnhaken. Der Mann fällt um. Ihr fangt ihn auf und legt ihn vorsichtig auf den Boden. Nichts wie raus hier!

„Komm, lass uns ein Beiboot suchen. Vielleicht können wir damit abhauen", schlägt Ron vor. Ihr flitzt zum Achterdeck, aber da gibt es kein Beiboot. Und dann hört ihr ein Pfeifen, das immer lauter wird. Offenbar marschiert gerade jemand in eure Richtung. Gleich wird er um die Ecke biegen und euch erspähen!

„Wir springen ins Meer", rufst du Ron zu. „Irgendjemand wird uns schon rausfischen! Hier gibt's doch jede Menge Fischerboote!"

Kurz entschlossen springt ihr über Bord. Der Motor des Militärboots wird angeworfen. Es verschwindet am Horizont. Zunächst seid ihr erleichtert. Doch leider taucht kein Fischerboot auf, das euch aufnimmt. Es taucht überhaupt niemand auf. Eure Kräfte schwinden immer mehr …

**Ende**

Du überzeugst Ron, dass sein Plan zu riskant ist. Also wartet ihr erst einmal ab, was passieren wird. Die Zeit scheint in dem Kabuff stillzustehen. Plötzlich wird es im Nebenraum laut. Ein hitziges Wortgefecht, eine Tür kracht zu, ein Schlüssel wird gedreht. Klingt fast so, als wäre nebenan auch jemand eingesperrt worden. Durch ein Lüftungsrohr nehmt ihr Kontakt zu dem Mann auf. Er ist leitender Ingenieur auf der *U-Force*, dem U-Boot.

„Man hat mich und die anderen Besatzungsmitglieder gerade gerettet", sagt der Mann und lacht höhnisch. „Aber nur, um mich in diese Zelle zu stecken. Ich will nicht schweigen und bringe die Wahrheit über diese Havarie ans Licht der Öffentlichkeit."

„Was ist passiert?", willst du natürlich wissen.

„Wenn ich dir das sage, schwebst du in Lebensgefahr", sagt der Ingenieur. „Denn das ist absolut geheim. Und man wird nicht zögern, dich mundtot zu machen, falls du mit deinem Wissen zur Presse rennen willst."

**Wenn du es trotzdem wissen willst,**
**lies weiter auf Seite** **73**

**Wenn du es nicht wissen willst,**
**lies weiter auf Seite** **76**

50

Zack! Das Blitzlicht flammt auf. Der kleine Orca sucht sofort bei seiner Mutter Schutz. Und die wird jetzt mächtig sauer. Sie schießt auf dich zu, und das Letzte, was du siehst, ist ein weit aufgerissenes Maul mit vielen, spitzen Zähnen.

## Ende

Lieber nicht, denkst du, denn du willst die Orcas nicht reizen. Du beobachtest, wie die Mutter mit ihrem Jungen im Meer mit ruhigen, eleganten Bewegungen davongleitet. Ein wunderschöner Anblick!
Du tauchst weiter und bekommst gleich die nächste Attraktion geboten: Ein großer Manta-Rochen schwebt in deiner Nähe vorüber. Auch ihn beobachtest du einen Moment. Aber dann fällt dein Blick auf etwas, was dein Herz höher schlagen lässt.
Auf dem Meeresboden glänzt etwas! Du schwimmst näher hin und erkennst eine Münze im Sand! Ob die von einem versunkenen Handelsschiff stammt? Du willst nach der Münze greifen, aber da erkennst du, dass in unmittelbarer Nähe eine Muräne in einer Felsspalte lauert. Der Biss einer Muräne kann tödlich sein.

**Wenn du nach der Münze greifst,**
**lies weiter auf Seite** **74**

**Wenn du die Münze liegen lässt,**
**lies weiter auf Seite** **77**

Du bist ein Profi, und dazu gehört auch das Wissen, wann man umdrehen muss. Also steigst du langsam wieder auf. Unterwegs untersuchst du eine besonders schöne Korallenbank. Und dabei passiert es: Du bleibst mit einer Flosse irgendwo hängen. Sie wird dir vom Fuß gerissen. Langsam sinkt sie Richtung Meeresboden ab.

**Wenn du der Flosse hinterherschwimmst,
lies weiter auf Seite 80**

**Wenn du mit nur einer Flosse weiterschwimmst,
lies weiter auf Seite 81**

Tiefer, tiefer, immer tiefer! Aber der Schatten, der gerade noch wie ein U-Boot aussah, kommt einfach nicht näher. 40 Meter, 45 Meter – du hast eine gefährliche Grenze überschritten. Egal, jetzt bist du doch so nah dran! 50 Meter, 55 Meter. So tief warst du noch nie. Ein seltsames Glücksgefühl übermannt dich. Irgendwo in deinem Kopf schrillt eine Alarmglocke. Das könnten die ersten Anzeichen eines Tiefenrausches sein.
Wie war das noch gleich?, fragst du dich.
Richtig, bei zunehmendem Druck wird der Stickstoff vom Körper aufgenommen und lagert sich an den Nerven ab. Dadurch wird deren Reizleitfähigkeit gestört. Anders ausgedrückt: Du drohst durchzudrehen.
Na und?, denkst du und grinst. Blöde Theorie! Du findest das hier alles verdammt komisch. Es stört dich nicht, dass du in 60 Metern Tiefe kein U-Boot findest, sondern nur einen großen, länglichen Felsen. Und es stört dich auch nicht, dass du kaum noch Luft in deiner Flasche hast. Du bist einfach super gut drauf und untersuchst den Felsen, auf dem es seltene, bunte Riesenmuscheln gibt. Plötzlich schwimmt ein Delfin in dein Blickfeld. Du bist dir ganz sicher, dass er dir mit dem Kopf Zeichen gibt. Du sollst ihm folgen …

**Wenn du dem Delfin folgst,**
**lies weiter auf Seite** **78**

**Wenn du das lässt,**
**lies weiter auf Seite** **79**

Schwupp – schon bist du verschwunden. Du gehst auf drei Meter runter, schlägst unter Wasser ein paar Haken und tauchst wieder auf.
Prima, das hat geklappt. Das Boot donnert in eine ganz falsche Richtung. Du gehst wieder auf Tauchstation und schwimmst zum Strand. Die Luft reicht gerade so aus.
Zwei Stunden später betrittst du die Polizeistation, um die Umweltsünder anzuzeigen. Als du im Büro eines Kommissars stehst, trifft dich fast der Schlag. An einer Wand hängt eine gerahmte Fotografie. Hübsche Jachten im Sonnenuntergang. Tja, und der Name einer Jacht lautet „Conqueror II".
„Na, was kann ich für dich tun?", fragt dich der Kommissar.
Deine Gedanken rasen. Was hat der Kommissar mit der Jacht zu tun? Gehört sie ihm? Oder jemandem aus seiner Familie? Und falls ja, wird er dann gegen sie ermitteln? Solltest du besser zu einem anderen Kommissar gehen?

**Wenn du bei diesem Kommissar Anzeige erstattest, lies weiter auf Seite** 84

**Wenn du dir eine Ausrede einfallen lässt und wieder gehst, lies weiter auf Seite** 82

56

Ach was, die können dir doch nichts, denkst du und wartest, was passieren wird.
Man fischt dich aus dem Meer. An Bord sind drei Journalisten.
„Wieso tauchst du allein?", fragt man dich misstrauisch.
„Mein Partner ist heute Morgen krank geworden", erzählst du einfach.
Argwöhnische Blicke treffen dich. „Hast du hier etwas fotografiert?"
„Nein, noch nicht", lügst du. „Aber hier soll es eine seltene Schildkrötenart geben – die habe ich gesucht."
„Ach so", kommt es gedehnt zurück. „Das wollen wir dir mal glauben. Aber Schildkröten wirst du hier kaum finden."
„Warum nicht?"
„Zu viel Gift im Meer", erklärt man dir. „Deswegen sind wir hier. Wir machen eine Reportage fürs Fernsehen über die zunehmende Umweltzerstörung am Riff."
Deine Gedanken rasen. Eine Reportage über Umweltzerstörung? Aber warum haben die Typen dann Öl ins Meer abgelassen?

**Lies weiter auf Seite 85**

Kurz darauf stichst du mit Dr. Walken in See. Du übernimmst das Ruder, während der Biologe alles für die Untersuchung vorbereitet.
Als ihr etwa eine Seemeile vom Strand entfernt seid, bittet dich Dr. Walken, das Tempo zu drosseln. Hier soll das U-Boot nach seinen Informationen verunglückt sein. Dr. Walken macht den ersten Test mit einem Geigerzähler.
„Alles im grünen Bereich“, meint er, wirkt aber keinesfalls erleichtert. „Lass uns weitersuchen“, ordnet er an.
Eine halbe Stunde später schlägt Dr. Walken Alarm. Er hat eine erhöhte Strahlung gemessen.
„Schnell, lass uns beidrehen!“, ruft er sehr aufgeregt. „Du brauchst nicht zu tauchen, das reicht mir schon! Wir müssen unbedingt das Umweltministerium informieren!“
Am Strand steht eine Gruppe von Männern, die offenbar auf eure Rückkehr wartet.
Seltsam, denkst du. Was sind das für Leute? Wo kommen die plötzlich alle her?
Noch könntet ihr die Richtung ändern und woanders an Land gehen.

**Wenn du vorschlägst,
woanders an Land zu gehen,
lies weiter auf Seite** **86**

**Wenn du den Kurs hältst,
lies weiter auf Seite** **87**

Vor Radioaktivität hast du wirklich große Angst. Also lässt du Dr. Walken allein ziehen und gönnst dir eine eiskalte Cola an der Strandbar.
Wenig später tauchen zwei Männer auf. Zuerst benehmen sie sich wie ganz normale Touristen. Doch dann verwickeln sie dich in ein Gespräch. Schnell merkst du, dass sie Informationen über Dr. Walken sammeln.
„Hast du Dr. Walken heute schon gesehen?", wirst du freundlich gefragt.
„Vielleicht, vielleicht aber auch nicht", weichst du aus.
„Pass auf, wir haben keine Lust auf solche Spielchen", meint einer der Männer, und jede Freundlichkeit ist aus seinem Gesicht gewichen. „Also noch mal: Hast du Dr. Walken heute hier gesehen?"

**Wenn du die Wahrheit sagst,**
**lies weiter auf Seite** **88**

**Wenn du die Männer anlügst,**
**lies weiter auf Seite** **89**

Du rennst einfach los – und verursachst einen Höllenlärm, als du über die Holzbohlen sprintest. Hinter dir werden Rufe laut.
„Bleib gefälligst stehen!“
Diesen Befehl ignorierst du. Gleich bist du draußen.
„Halt, oder ich schieße!“
Schon hast du die Klinke der Haustür in der Hand, doch da peitscht ein Schuss. Du spürst einen furchtbaren Schlag in deinem Rücken – dann ist alles aus.

**Ende**

Du bleibst, wo du bist. Wenn du jetzt wegrennen würdest, würde man deine Schritte bestimmt hören. Bange Sekunden verstreichen. Du hast Glück. Niemand kommt zur Tür. Kurz darauf unterhalten sich die Männer weiter. Dabei erfährst du, dass es sich bei den Typen offenbar um Spione handelt. Das verunglückte U-Boot scheint eine Geheimwaffe zu sein und soll ausgekundschaftet werden.
Cool, denkst du, jetzt bist du mitten in einem Spionage-Thriller gelandet! Dir wird abwechselnd heiß und kalt. Was sollst du nur tun? Zur Polizei gehen und Hilfe holen? Aber dann sind die Kerle vielleicht verschwunden, wenn ihr zurückkommt. Oder sollst du an den Typen dranbleiben und beobachten, was sie tun?

**Wenn du zur Polizei rennst,**
**lies weiter auf Seite** **90**

**Wenn du die Männer weiter beschattest,**
**lies weiter auf Seite** **91**

Blitzschnell springst du in die Truhe und schließt den Deckel über dir. Totale Finsternis. Du kauerst dich zusammen und horchst mit pochendem Herzen. Dein Atem geht stoßweise. Du betest stumm vor dich hin. Schritte, ganz nah. Und dann ist da noch ein Rascheln unmittelbar neben deinem Bein. Etwas gleitet in der Truhe auf dich zu. Etwas, was hier schon lange zu Hause ist: Eine Schlange, die absolut nichts davon hält, die Truhe mit dir zu teilen. Sie verpasst dir einen tödlichen Biss.

## Ende

62

Du kannst entkommen. Endlich bist du wieder am Strand. Was jetzt? Bei der Polizei Hilfe holen? Aber was ist, wenn die Verdächtigen fliehen, während du bei der Polizei bist? Einen Schritt nach dem anderen, denkst du dir.
Du musst zuerst verhindern, dass die Kerle abhauen. Du gehst zu ihrem Boot. Ein bisschen kennst du dich mit Motoren aus. Wenn du den Vergaser lahm legst, werden die Männer nicht fortfahren können.
Prima Idee, findest du und ziehst das Mehrzweckmesser aus deinen Bermudas. Schon fängst du an zu schrauben. Du bist völlig vertieft in deine Arbeit und bemerkst nicht, dass die Kerle aus dem Haus kommen und sich an dich ranschleichen. Das Nächste, was du spürst, ist ein furchtbar harter Schlag auf deinen Schädel. Du bist vorübergehend im Reich der Träume. Als du aufwachst, gibt es keine Spur mehr von den Männern und ihrem Boot. Während du deine schmerzenden Schläfen massierst, nimmst du dir fest vor, nicht mehr so unvorsichtig zu sein und ab jetzt hier nur noch Tauchurlaub zu machen – und nicht Sherlock Holmes zu spielen.

**Ende**

Die netten, alten Leute heißen Emma und Paul und wohnen in einem verwinkelten Häuschen. Emma deckt auf der Terrasse die Kaffeetafel, ihr Mann erzählt von seinen Jagdabenteuern. Er zeigt dir ein paar Trophäen.
Plötzlich läuft dir ein eiskalter Schauer über den Rücken, denn neben den Tiertrophäen ist auch ein Menschenschädel zu sehen – ein Schrumpfkopf!
„Nein", lacht Paul, als er dein Entsetzen sieht. „Der ist nicht echt. Keine Bange!"
Du bist froh, auf der Terrasse zu sitzen. Emma packt dir ein riesiges, duftendes Stück Apfelkuchen auf den Teller und verziert es mit einem Gebirge aus süßer Sahne.
Lecker! Du haust mächtig rein. Erst nach ein paar Minuten fällt dir auf, dass Emma und Paul nichts von dem Kuchen essen, dich aber sehr genau beobachten und dir immer wieder wohlwollend zunicken.
„Noch ein Stück?", fragt Emma dich.
Du willst etwas antworten, aber es gelingt dir nicht.
Was ist denn jetzt los?, denkst du träge und gähnst. Eine bleierne Müdigkeit überkommt dich – und eine böse Ahnung: War etwas in dem Kuchen, etwa ein Schlafmittel? Was haben die beiden alten Leutchen mit dir vor? Das Letzte, was dir einfällt, ist der Schrumpfkopf.

**Lies weiter auf Seite** 92

Ihr umrundet das U-Boot. Es ist einfach gewaltig und sieht uneinnehmbar aus. Und dennoch liegt es hier wie tot am Meeresgrund. Da tut sich unmittelbar vor euch eine Luke auf und mehrere Taucher mit Harpunen kommen auf euch zu.

**Wenn du fliehst,**
**lies weiter auf Seite 94**

**Wenn du abwartest, was geschieht,**
**lies weiter auf Seite 97**

Kurz darauf bist du im Büro von Inspektor Clarke. Du erzählst ihm von deinen Beobachtungen.
„Zwei Männer mit einem Gewehr?", fragt Clarke dich, als du fertig bist. „Das ist doch nichts Ungewöhnliches."
„Aber die beiden Typen haben sich sehr verdächtig verhalten. Außerdem: Was will man mit einem Gewehr an Bord?"
Der Polizist verzieht das Gesicht und beginnt, mit einer Büroklammer zu spielen. „Vergiss die Sache."
Das macht dich wütend. Du lässt dich nicht gern behandeln wie ein durchgeknallter Teenager. „Na gut, dann gehe ich eben zu einem ihrer Kollegen!", rufst du.
Mit einem Satz ist Clarke vor der Tür und baut sich drohend davor auf. „Vergiss auch das, du Nervensäge!", faucht er. Plötzlich hat er seine Dienstwaffe in der Hand. „Nimm die Pfoten hoch und geh da rein!" Der Lauf der Pistole deutet auf eine Arrestzelle.
„Dazu haben Sie kein Recht!", begehrst du auf. „Ich habe nichts getan! Was soll das Ganze?"
„Du bist zwei Wilderern auf die Spur gekommen", erklärt der Polizist. „Sie jagen geschützte Schildkröten. Und ich beschütze die Wilderer vor lästigen Nachforschungen. Dafür bekomme ich einen Anteil." Dann sperrt er dich in die Zelle.
Du schaust dich um. Das Fenster sieht nicht sehr stabil aus – und du hast dein Mehrzweckmesser dabei.

**Wenn du versuchst auszubrechen,**
**lies weiter auf Seite** **93**

**Wenn du nichts unternimmst,**
**lies weiter auf Seite** **96**

Du willst hier unten nicht sterben! Du steigst langsam auf und legst die notwendigen Pausen ein. Aber deine Luft wird knapp und knapper! Schließlich benutzt du die eiserne Reserve aus deinem Jackett und schaffst es in letzter Sekunde.
Kurz darauf sitzt du völlig ausgepumpt in Rons Boot. Von deinem Kumpel fehlt jede Spur. Du machst dir Sorgen um Ron, denn vermutlich hat er längst keine Luft mehr in der Flasche und schwebt jetzt in Lebensgefahr.
Du musst ihn retten! Also markierst du die Stelle, wo ihr runtergegangen seid, mit einer Boje. Dann fährst du zur nahe gelegenen Hamilton-Insel und organisierst schnell einen Rettungstrupp.
Als ihr zur Boje zurückkommt, erlebst du eine Überraschung. Ron klammert sich an dem roten Ding fest und beschimpft dich, weil du mit dem Boot abgehauen bist. Du bist so erleichtert über Rons Auftauchen, dass dir seine Schimpferei gar nichts ausmacht. Ihr fischt ihn aus dem Meer.
Am Abend seid ihr auf eine Grill-Party eingeladen. Dabei müsst ihr immer wieder erzählen, wie ihr das U-Boot gefunden habt. Das ist inzwischen wieder fahrtüchtig und hat das Riff verlassen.

**Ende**

Blitzschnell schnappst du dir das Handy und setzt einen Notruf ab. Niemand hat etwas bemerkt. Es vergehen keine fünfzehn Minuten, da erscheint ein Polizeiboot auf der Bildfläche. „Stopp!", ertönt eine Stimme vom Polizeiboot.
Doch die Männer auf eurem Schiff beschleunigen. Du siehst, wie auf dem Polizeiboot ein Maschinengewehr in Stellung gebracht wird.
Gleich werden sie auf uns schießen!, denkst du voller Panik.

**Wenn du über Bord springst,
lies weiter auf Seite 98**

**Wenn du auf dem Boot bleibst,
lies weiter auf Seite 99**

Zu riskant, sagst du dir und wartest lieber ab, was die schrägen Vögel mit euch vorhaben.
Eine halbe Stunde später weißt du es: Sie setzen dich und Ron getrennt von einander auf zwei einsamen Inselchen aus!
Jetzt hockst du allein auf diesem Mini-Eiland. Um dich herum ist nichts als Wasser, Wasser, Wasser.
Wenn's hier ein Vier-Sterne-Hotel geben würde, wäre das ein idyllischer Urlaubsort. Aber es gibt kein Hotel – du kämpfst ums nackte Überleben. Du hast plötzlich entsetzlichen Durst. Also stiefelst du los und suchst eine Süßwasserquelle. Nach kurzer Zeit stößt du auf eine Holzhütte unter Palmen.
Wem mag sie gehören?, fragst du dich. Einem Aussteiger oder einem Fischer? Egal, erst mal rein. Aber an der Tür hängt ein dickes Schloss.

**Wenn du das Schloss aufbrichst,**
**lies weiter auf Seite** **100**

**Wenn du weitergehst,**
**lies weiter auf Seite** **101**

Gesagt, getan. Kurz darauf tuckert ihr mit eurem Kahn Richtung Strand. In Blickweite fährt ein Boot mit den Soldaten.
„Deren Boot ist auch nicht schneller als unseres", meint Ron. „Wir könnten versuchen, die Soldaten abzuhängen!"
„Gute Idee!", findest du.
Schon gibt Ron mächtig Gas. Zunächst sieht es so aus, als könnte euer Plan gelingen. Der Abstand zwischen euch und dem anderen Boot wird immer größer.
Der Motor von Rons altem Boot ächzt und stöhnt. Doch dann macht Ron einen verhängnisvollen Fehler: Er steuert einen riesigen Brecher falsch an. Euer Boot kentert. Du wirst ins Meer geschleudert, etwas Hartes trifft dein Bein und du spürst einen höllischen Schmerz. Du drohst ohnmächtig zu werden und zu ertrinken. Im letzten Moment ziehen dich die Marinesoldaten aus dem Meer und bringen dich ins Krankenhaus. Dort hast du Gelegenheit, über eure blödsinnige Aktion nachzudenken. Wenigstens bist du nicht allein: Neben dir liegt Ron. Er hat sich bei dem Unfall einen Arm gebrochen.

**Ende**

Niemand sieht, wie du im Funkraum verschwindest. Du sitzt jetzt zwar vor dem Funkgerät, aber leider hast du keine Ahnung, wie man damit umgeht. Wertvolle Zeit verstreicht. Du bist einfach zu langsam, viel zu langsam!
Dann passiert, was passieren muss: Man erwischt dich!
Zur Strafe setzt man dich auf einem einsamen Inselchen aus, und verspricht dich dort abzuholen, wenn die Operation beendet ist.
Du erkundest die Insel. Vielleicht gibt es eine Möglichkeit, abzuhauen. Nach einer Weile stößt du auf eine Hütte. Ist hier ein Boot versteckt? Aber die Tür ist mit einem Schloss gesichert.

**Lies weiter auf Seite** 101

Du sperrst weiter deine Ohren auf. Was du nun hörst, verschlägt dir den Atem! Die Besatzung des U-Boots soll gar nicht gerettet werden. Die Männer sollen sterben. Die Havarie soll als menschliches Versagen des U-Boot-Kommandanten dargestellt werden. Das Image der Marine darf keinen Kratzer bekommen!, lautet die Anweisung.

Das kann ja wohl nicht wahr sein!, denkst du voller Empörung. Diesen mörderischen Plan musst du vereiteln – nur wie?

Du beschließt, den Kapitän zur Rede zu stellen.

„Ich kenne Ihren Plan", sagst du zu ihm. „Und was wollen Sie mit mir und meinem Freund Ron machen? Wollen Sie uns auch beseitigen?"

Der Kapitän gerät ins Grübeln. „Mein Sohn ist in eurem Alter", meint er schließlich. „Ich kann das alles nicht verantworten und werde mich diesem Befehl widersetzen!"

Dann gibt er das Kommando, die Besatzung des U-Bootes zu bergen.

Nach ihrer Rettung bedanken sich die Marinesoldaten überschwänglich beim Kapitän. Doch der winkt ab und deutet auf dich – dir, und nur dir, hätten sie ihre Rettung zu verdanken.

**Ende**

Der Ingenieur packt aus. Deine Augen werden größer und größer. Die U-Force ist wegen eines technischen Defektes auf Grund gelaufen. Peinlich für die Marine. Also soll der Fall vertuscht werden.
Der Ingenieur redet sich in Rage und wird lauter und lauter. Vergeblich bittest du ihn, leiser zu reden. Prompt wird euer Gespräch von einem Wachsoldaten belauscht.
Jetzt reicht es dem Kapitän: Er hat von dir und Ron die Nase voll. Kurzerhand lässt er euch über Bord werfen.
Während ihr in den Wellen ums Überleben kämpft, wird das Marineschiff kleiner und kleiner. Weit und breit kein Land in Sicht. Du gerätst langsam in Panik. Wie lange werdet ihr euch über Wasser halten können? Wie groß ist die Wahrscheinlichkeit, dass euch jemand findet?

**Lies weiter auf Seite 103**

74

Du streckst die Finger nach der Münze aus. Vorsichtig, ganz vorsichtig. Dabei lässt du die Muräne nicht aus den Augen. Du weißt, dass dieser aalähnliche Räuber mit dem starren Blick bis zu drei Meter lang werden kann und sein Biss verdammt giftig ist.

Die Muräne lässt dich auch nicht aus den Augen. Als deine Hand die Münze umschließt, schießt das Biest wie ein Pfeil aus seinem Versteck. Du hast keine Chance. Die Muräne beißt dich in den rechten Unterarm und ihr Gift verteilt sich langsam in deinen Körper. Du weißt, das ist dein

**Ende**

Nein, du willst davon nichts wissen. Du willst mit diesem undurchsichtigen Fall nichts mehr zu tun haben. Du willst tauchen und am Strand liegen, Musik hören und tanzen – einfach nur Urlaub machen. Aber scheinbar haben derzeit alle etwas dagegen.

Zwei tödlich langweilige Stunden vergehen.

Dann wird der Motor des Schiffes angeworfen. Eine weitere halbe Stunde später legt das Boot im Hafen an. Man lässt euch endlich raus. Der Kapitän erzählt euch, dass die Mannschaft des U-Bootes gerettet werden konnte und dass alles in Ordnung ist. Dann gibt man euch eure Ausrüstung und euer Boot zurück. Ihr dürft gehen, wohin ihr wollt.

Du bist unendlich erleichtert, als ihr in Rons altem Kahn wieder zu eurem Strand zurücktuckert. Die Sonne streichelt deine Haut, die Luft schmeckt nach Meer und in eurer unmittelbaren Nähe tummeln sich in paar Delfine. Mann, ist das Leben schön! Heute Abend wollt ihr mal so richtig Party machen und den ganzen Stress vergessen!

**Ende**

Du schwimmst weiter, den Blick auf den Meeresboden geheftet. Da ist noch eine Münze und noch eine! Eine unglaubliche Aufregung ergreift von dir Besitz, während du der Spur folgst. Plötzlich siehst du ein Wrack aus dem Sand ragen! Rasch schwimmst du näher. Die beiden Masten des Wracks sind geknickt. Der Rumpf ist über und über mit Muscheln bedeckt. Du tauchst zum Achterdeck, wo vermutlich der Kapitän früher einmal seine Kajüte hatte. Du spähst durch ein zerbrochenes Fenster. Zuerst entdeckst du eine Kiste. Ist die vielleicht randvoll mit Gold? Aber dann siehst du noch etwas anderes – ein Skelett, das genau vor der Truhe liegt.

**Wenn du in die Kajüte tauchst,**
**lies weiter auf Seite** **102**

**Wenn du draußen bleibst,**
**lies weiter auf Seite** **104**

Der Delfin kommt ganz dicht an dich heran und stupst dich
78 an. Dadurch kommt dein Gehirn wieder in Gang. Schlagartig wird dir bewusst, in welcher Gefahr du dich befindest. Aber du bist so schwach, verdammt schwach … In deiner Verzweiflung klammerst du dich an deinen neuen Freund – und das Wunder geschieht: Der Delfin trägt dich langsam an die Wasseroberfläche. Dann verschwindet das schöne Tier wieder in den Tiefen des Ozeans.

Während du die Luft in voller Zügen genießt, schwörst du dir, nie wieder allein und nie wieder so tief zu tauchen.

**Ende**

Nettes Tier, denkst du, aber zum Schwimmen hast du jetzt keine Lust. Du legst dich auf den Felsen, dort, wo er ganz glatt ist. Fast wie ein Bett, findest du. Vor deinen Augen wachsen ein paar zarte Seeanemonen. Anmutig bewegen sich ihre Tentakel im Rhythmus des Meeres. Irgendwann schließt du die Augen. Das Meer wiegt dich sanft hin und her. Langsam dämmerst du hinüber in eine andere Welt.

## Ende

80

So schnell es geht, tauchst du der Flosse hinterher. Dabei gerätst du ziemlich außer Atem. Du weißt, dass du zu hyperventilieren drohst. Macht nichts, da ist die Flosse ja! Sie steckt in einem Felsen. Du greifst in den Spalt, um die Flosse rauszuziehen. Doch da beißt dich etwas in die Hand. Sofort ist dein ganzer Arm gelähmt. War das etwa der hochgiftige Steinfisch? Du weißt es nicht, und es ist auch egal. Dir wird schwindelig und du weißt: Das ist dein

## Ende

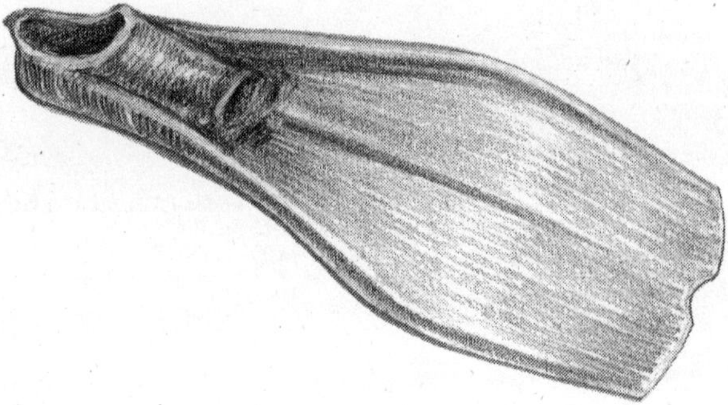

Der Verlust der Flosse ist ärgerlich. Aber du hast einfach zu wenig Luft in deiner Flasche, um nach ihr zu tauchen. Du musst nach oben!
Gerade noch rechtzeitig gelangst du wieder an die Wasseroberfläche. Was für eine Überraschung: Ganz in deiner Nähe ist ein Boot vor Anker gegangen. An Bord sind jede Menge Taucher. Du schwimmst hin. Man nimmt dich gerne an Deck. Du berichtest von deinem Verdacht, dass das U-Boot hier am Meeresboden liegt. Die anderen sind Feuer und Flamme. Du erklärst dich bereit, sie zum U-Boot zu führen, sofern sie dir eine neue Flasche geben.
„Klar, kein Problem!“, kommt es zurück.
Du gönnst dir noch eine kurze Pause – dann geht es wieder hinunter. Du führst die Gruppe zu der Stelle, an der du das U-Boot vermutest.
Du hattest Recht: Da liegt es! Sofort machst du ein paar Fotos mit deiner Unterwasserkamera.
Die Taucher werden deine Freunde. Später kannst du außerdem deine Aufnahmen an eine Zeitung verkaufen und dir damit eine Woche Urlaubsverlängerung leisten.

**Ende**

„Ich habe mich in der Tür geirrt, pardon“, sagst du schnell und trittst den Rückzug an.
Puh, das war knapp, denkst du. Du versuchst es bei einem anderen Beamten. Er schreibt ein Protokoll und führt in deiner Gegenwart ein paar Telefonate. Dabei stellt sich heraus, dass die „Conqueror II“ vor kurzem gestohlen wurde.
„Hat die Jacht Ihrem Kollegen gehört?“, stellst du die Frage, die dir unter den Nägeln brennt.
„Ja“, erwidert der Kommissar und grinst breit. „Der hat eine Millionenerbin geheiratet. Schade, dass sich dieses Goldstück nicht für mich entschieden hat!“
Die Wasserwacht wird alarmiert, und auf Grund deiner detaillierten Ortsbeschreibung werden die Diebe geschnappt. Zur Belohnung wirst du vom rechtmäßigen Besitzer zu einem Rundflug im Polizeihubschrauber über das Great-Barrier-Reef eingeladen. Und diesen Flug wirst du dein Leben lang nicht vergessen.

**Ende**

Police

„Ähem, es geht um das Boot da auf dem Foto", stammelst du.
„Welches Boot? Auf dem Bild sind mehrere."
„Um die Conqueror", präzisierst du. „Das Schiff hat Öl ins Meer abgelassen."
Der Kommissar fährt aus seinem Stuhl auf. „Wie bitte? Hast du dafür Beweise?"
Klar hast du die. Du zeigst dem Kommissar deine Fotos.
Der Polizist kratzt sich am Hinterkopf. „Unangenehme Sache. Die Jacht gehört einem bekannten Filmschauspieler."
„Ach so, und ich dachte schon, die Jacht würde Ihnen gehören", meinst du erleichtert.
Der Kommissar lacht. „Mir? Das wäre schön, aber dafür reicht mein Gehalt nicht. Das Boot ist rein zufällig auf dem Foto. Und jetzt werden wir dem Herrn Schauspieler auf die Füße treten. Das wird für viel Wirbel sorgen. Aber egal, der Kerl ist sowieso unglaublich arrogant."
Tatsächlich wird der Schauspieler dank deiner Hilfe überführt. Es gibt natürlich ein großes Medieninteresse, und du bist ein gefragter Interview-Partner.

**Ende**

Du hast einen bösen Verdacht: Wollen die Journalisten ihrer Story ein wenig nachhelfen? Anders kannst du dir ihr Verhalten nicht erklären. Aber was sollst du tun? Erst mal abwarten, sagst du dir.
„Wir machen hier noch unseren Job, dann bringen wir dich an Land", sagen die Journalisten.
Du beobachtest die drei, wie sie Fotos von der selbst verursachten Umweltfrevelei schießen. Die Reporter machen die Aufnahmen mit digitalen Kameras und schicken sie über Laptop und Handy direkt in ihre Redaktion.
So könntest du es doch auch machen. Schließlich hast du ja auch eine digitale Kamera …
Deine Stunde schlägt wenig später. Die Reporter sind fertig und machen eine Pause. Sie haben es sich in Liegenstühlen auf dem Deck gemütlich gemacht. Gleich wollen sie zum Hafen zurückfahren.
„Das eilt nicht", sagst du. Als die Männer eingenickt sind, schleichst du dich in die Kajüte zu Laptop und Handy. Nun geht alles ganz schnell. Du überspielst die verräterischen Fotos von deiner Kamera auf den Laptop und verschickst sie online ebenfalls in die Redaktion. Dann wartest du gespannt. Eine halbe Stunde später meldet sich der Chefredakteur bei den Reportern. Er ist außer sich und feuert das Trio. Du tust natürlich ganz unschuldig. Und während dich die Männer zum Strand zurückbringen, ziert dein Gesicht ein breites Grinsen.

**Ende**

86

Du überzeugst Dr. Walken, dass ein kleiner Umweg wahrscheinlich sicherer ist. Ihr geht in einem kleinen Hafen an Land. Dr. Walken wirkt jetzt sehr angespannt, und du hast das Gefühl, dass er Angst hat. Immer wieder sieht er sich hektisch um.

„Unsere Messungen sind wirklich sehr, sehr brisant", sagt er. „Eigentlich wollte ich sie dem Umweltministerium mitteilen, aber wer weiß, ob man nicht von ganz oben Druck auf diese Behörde ausübt ..."

„Da könnten Sie Recht haben", stimmst du ihm zu. „Am besten machen wir den Skandal mit einem Paukenschlag publik."

„Wie das?", will Dr. Walken wissen.

„Wie wär's mit einer Pressekonferenz?"

„Eine Pressekonferenz? Wo denn?"

Du lächelst und zückst dein Handy. „Hier an Ort und Stelle!"

Du kannst Dr. Walkens Bedenken zerstreuen. Ihr informiert die größten Nachrichtenagenturen.

Es vergeht keine Stunde, bis die ersten Übertragungswagen aufkreuzen. Ihr gebt ein Interview nach dem anderen, und die Nachricht von der gefährlichen Strahlung geht um die Welt. Die Regierung gerät unter Druck und beeilt sich, das Leck im U-Boot abzudichten. Eine größere Umweltkatastrophe kann verhindern werden – und das ist vor allem auch dein Verdienst.

**Ende**

Der Empfang am Strand fällt anders aus, als es Dr. Walken vermutlich erwartet hat. Mehrere Männer vom Geheimdienst beschlagnahmen seine Geräte und Messergebnisse. Dr. Walken protestiert energisch. Du stellst dich an seine Seite und versuchst ihm zu helfen. Alles umsonst – ihr werdet festgenommen und zu einem Polizeirevier gebracht.
Schnell wird klar, was hier läuft: Es soll mit allen Mitteln vertuscht werden, dass aus dem U-Boot Radioaktivität entwichen ist. Also will man euch mundtot machen und wirft euch Spionage vor. Die Sache sieht gar nicht gut für euch aus. Schließlich macht man euch ein Angebot: Wenn ihr euch schriftlich verpflichtet, kein Wort über die angeblich illegalen Messungen verlauten zu lassen, will man euch wieder auf freien Fuß setzen. Sonst soll euch der Prozess gemacht werden.
Zähneknirschend lasst ihr euch auf diesen Deal ein. Eure Freiheit ist euch wichtiger als alle Wahrheitsliebe – daraus kann euch niemand einen Vorwurf machen.
Später erfährst du, dass die Militärs heimlich, still und leise das Leck im U-Boot abgedichtet haben und die Belastung für die Umwelt angeblich nicht besonders schlimm gewesen sein soll. Daran hast du allerdings Zweifel.

**Ende**

88

Freimütig erzählst du den Männern, dass Dr. Walken gerade von hier aus aufs Meer hinausgefahren ist. Die Typen telefonieren hektisch, und du bekommst ein mulmiges Gefühl. Kurz darauf wird Dr. Walken an Land gebracht. Er wirft dir böse Blicke zu und beschuldigt dich, dass du mitgeholfen hast, einen Umweltskandal zu vertuschen – denn die Männer, die ihn verhaftet haben, sind vom Geheimdienst.

**Ende**

„Nein", sagst du.
„Wir glauben dir kein Wort", zischen die Männer, verschwinden aber. Du schleichst ihnen hinterher, denn du hast das Gefühl, dass die Herren etwas im Schilde führen und Dr. Walken in Gefahr schwebt.
Du hast Recht: Die Männer holen Verstärkung und postieren sich überall am Strand. Mit Ferngläsern suchen sie das Meer ab. Auch zwei Schnellboote werden zu Wasser gelassen. Das gefällt dir überhaupt nicht. Offenbar wird Dr. Walken gejagt! Doch du bist auch noch da. Du flitzt in ein Café in der Nähe, suchst im Telefonbuch die Nummer einer Umweltschutzorganisation heraus und alarmierst sie.
Nur wenig später kommen zehn Aktivisten der Organisation an den Strand. Gerade rechtzeitig – denn in diesem Moment wird Dr. Walken mit gefesselten Händen an Land gebracht. Ihr stellt euch den Männern in den Weg und könnt gerade noch verhindern, dass Dr. Walken weggeschleppt wird. Es stellt sich heraus, dass die Herren vom Geheimdienst sind und verhindern sollten, dass Dr. Walkens Untersuchungen publik werden. Dr. Walken hat nämlich durch seine Messungen nachgewiesen, dass Radioaktivität aus dem U-Boot ausgetreten ist. Doch dank deines Einsatzes wird verhindert, dass der Skandal unter den Teppich gekehrt werden kann.

**Ende**

90

So schnell du kannst, rennst du zur Polizei.
„Spione!", brüllst du schon am Eingang des Reviers. „Ich muss sofort mit der Spionageabwehr sprechen!"
Man führt dich in ein Büro. Dort sitzt ein Beamter, der die Füße auf den Schreibtisch gelegt hat.
„Böse Spione? Dann bist du sicher James Bond, der die Welt retten wird, oder?" Ein breites Grinsen ziert sein Gesicht.
„Nein, äh, wieso?", stammelst du und kommst dir mit einem Mal ziemlich kindisch vor. „Aber ich habe wirklich Spione belauscht. Die Typen sind von einer fremden Macht und wollen das gesunkene U-Boot auskundschaften!"
„Jetzt mach mal langsam!", wirst du angeraunzt. „Es ist ein herrlicher Tag und ich habe gleich Feierabend. Komm morgen mit deinen Spionen wieder!"
„Morgen? Dann ist es bestimmt zu spät!", protestierst du.
Der Polizist nimmt seine Beine vom Tisch und seine Jacke vom Haken. Noch einmal grinst er dich an: „Wohl kaum. Du bist ja noch da. Und du rettest die Welt!" Mit schallendem Gelächter schiebt er dich aus dem Revier und lässt dich einfach stehen. Du kommst dir vor wie ein Idiot.
Was soll's, denkst du, es ist ein schöner Tag und eigentlich ist dieser Spionagefall nicht dein Problem. Außerdem bist du am Barrier-Reef, um Urlaub zu machen. Und genau das wirst du jetzt auch tun.

**Ende**

Kurz darauf verlassen die Männer das Zimmer. Du versteckst dich hinter der Tür und hast Glück – die Spione sehen dich nicht. Dann huschst du in das Zimmer. Dort stehen zwei Sporttaschen. Vorsichtig durchwühlst du sie – denn schließlich hast du noch keinen Beweis, dass es sich bei den Typen wirklich um Spione handelt. Du findest nichts Besonders, außer einem Diktiergerät.
Plötzlich hast du eine Idee. Dein Plan ist verdammt riskant, könnte sich aber lohnen. Du versteckst dich wieder.
Eine Stunde später kehren die Männer zurück. Sie haben Pizza und Getränke geholt und fangen an zu essen. Dabei unterhalten sie sich weiter über das U-Boot und ihr Vorhaben, es auszuspionieren.
Sehr gut!, findest du und drückst die Aufnahmetaste des Diktiergerätes. Nach zehn Minuten hast du genug gehört. Auf Zehenspitzen schleichst du dich davon.
Kurz darauf sitzt du bei der Polizei. Du hast aussagekräftiges Belastungsmaterial gegen die Spione in der Hand, die kurze Zeit später verhaftet werden. Du bist ein Held!

**Ende**

Irgendwann tauchst du aus der Traumwelt wieder auf. Verschwommen erkennst du Emmas runzeliges Gesicht. Sie sitzt neben dir am Bett. Du willst dich aufrichten, doch das geht nicht.
„Wir haben dich gefesselt", sagt Emma freundlich, „damit du nicht auf dumme Ideen kommst. Wir wollen ein hübsches Lösegeld von deinen Eltern: eine Million Euro. Falls sie nicht zahlen, kommst du zu unserer Sammlung." Emma deutet auf den Schrumpfkopf. „Und jetzt wirst du deine Eltern anrufen und unsere Forderungen nennen."
„Okay", sagst du „aber dafür müsst ihr mich losbinden."
Emma bindet deine Arme los. Du rufst deine Eltern an, erklärst kurz, was passiert ist und nennst die Forderung der Entführer. Eine Million, keine Polizei. Deine Eltern sind total geschockt, wollen aber natürlich alles unternehmen, um dich zu retten. Emma und Paul geben ihnen einen Tag Zeit.
Dann beginnt das Warten. Du sitzt auf dem Bett. Dein linker Arm ist mit einer Handschelle an den Pfosten gebunden. Paul und Emma schauen Fernsehen und werfen dir immer wieder Blicke zu. Kurz vor Mitternacht nicken sie in ihren Sesseln ein. Bestimmt haben sie den Schlüssel zu der Handschelle irgendwo eingesteckt.

**Wenn du versuchst,
an den Schlüssel zu kommen,
lies weiter auf Seite** **105**

**Wenn du nichts unternimmst,
lies weiter auf Seite** **106**

Niemand schenkt dir Beachtung. Da beginnst du mit der Arbeit. Dein Messer leistet dir hervorragende Dienste und der altersschwache Fensterrahmen wenig Widerstand. Eine halbe Stunde später schiebst du dich durch das Fenster in die Freiheit. Dein nächster Weg führt zu den Kollegen des korrupten Clarke. Die Polizisten sind empört und nehmen Clarke umgehend fest. Auch den beiden Wilderern wird das Handwerk gelegt. Und das ist allein deinem mutigen Einsatz zu verdanken!

**Ende**

## 94

Du gerätst in Panik und entscheidest dich für einen Notaufstieg. Das hast du noch nie gemacht und weißt, dass es eine verdammt gefährliche Sache ist. Aber du glaubst keine andere Wahl zu haben. Also bläst du Luft in dein Jackett und schießt nach oben – viel zu schnell! Prompt verlierst du das Bewusstsein und ertrinkst.

**Ende**

Am nächsten Morgen bekommst du Besuch von Clarke. „Schau mal, was ich in deinen Sachen gefunden habe!", begrüßt er dich feixend und schwenkt ein kleines Tütchen mit einem weißen Pulver.
„Was ist das?", fragst du argwöhnisch.
„Rauschgift", lacht Clarke.
„Das gehört mir nicht!"
Clarke lacht noch lauter. „Das sagen alle! Aber die Beweise sprechen gegen dich! Doch ich will mal nicht so sein und dir ein Angebot machen: Ich lasse dich laufen, wenn du im Gegenzug die Sache mit den Wilderern vergisst."
„Sie haben mir das Rauschgift untergeschoben!", rufst du und könntest vor Wut platzen.
Clarke zuckt nur mit den Schultern. „Was ist jetzt? Gilt unser kleines Abkommen?"
Zähneknirschend willigst du ein. Was sollst du auch sonst machen? Clarke hat dich in der Hand – also musst du auf das miese Angebot eingehen. Immerhin willst du aus dieser ungemütlichen Zelle raus.

**Ende**

Die anderen Männer kommen auf euch zu und begrüßen euch mit dem Zeichen für „Alles OK". Ihr erwidert den Gruß. Dann führen euch die Fremden zur Ausstiegsluke am U-Boot. Super, denkst du, die nehmen dich mit an Bord!
So ist es. Die Besatzung glaubt, dass ihr zum Technikertrupp gehört, der das U-Boot wieder manövrierfähig machen soll. Schnell ist der Irrtum aufgeklärt. Niemand ist euch böse, und einer der Offiziere zeigt euch sogar das U-Boot. Ihr schaut euch die Maschinenräume mit den Turbogeneratoren und dem Atomreaktor an, dessen heißer, radioaktiver Kern ständig mit Wasser gekühlt wird. Dann kommt ihr an den Raketendecks vorbei zum Funkraum und schließlich in die Zentrale und den Kommandostand. Dort hört ihr, dass der Fehler an einer der Antriebsturbinen behoben werden konnte und die Fahrt nun fortgesetzt werden kann.
Du kannst dein Glück kaum fassen. Nie hättest du gedacht, dass du einmal an Bord eines supermodernen U-Bootes mitfahren könntest. Das wird ein einmaliges Erlebnis, das du nie vergessen wirst.

**Ende**

**98**

Mit einem kühnen Satz springst du über die Reling. Ron folgt dir. Ihr taucht in den Ozean. Dann peitschen die ersten Schüsse. Das Polizeiboot rast in voller Fahrt heran. Kugeln durchsieben das Heck des verfolgten Schiffs und bohren sich in den Motor, der Feuer fängt und den Geist aufgibt. Jetzt ist es für die Polizisten ein Leichtes, die Täter zu schnappen. Netterweise fischt man euch aus dem Meer. Von den Beamten bekommst du ein dickes Lob und die Information, dass die Typen gefürchtete Agenten seien. Du bist ein echter Held!

**Ende**

Die werden schon nicht schießen, sagst du dir. Schließlich sind ja noch Unschuldige wie du und Ron an Bord.
Kleiner Irrtum. Das Maschinengewehr rattert los. Mehrere Kugeln bohren sich in den Motor. Es gibt eine gewaltige Stichflamme – das ist das Letzte, was du siehst. Dann zerreißt eine Explosion das Boot.

## Ende

**100**

Mit einem Stein und einem stabilen Ast kannst du das Schloss knacken. Sobald sich deine Augen an das Dunkel in der Hütte gewöhnt haben, freust du dich wie ein Schneekönig: In der Bude gibt es doch tatsächlich ein funktionierendes Funkgerät! Du bist in einer Wettermessstation gelandet – was für ein Glück! Du kannst einen Funkspruch absetzen.

Ein paar Stunden später rettet man dich von der einsamen Insel.

Auch dein Kumpel Ron wird geborgen. Dann bringt man euch zur Polizei, wo ihr eine detaillierte Beschreibung der Männer geben könnt, die euch ausgesetzt haben. Im Fahndungscomputer der Polizei sind die Typen keine Unbekannten! Sie sind ausgebuffte Spione, die scheinbar Material über das U-Boot sammeln wollten. Dank deiner Hilfe kann die Polizei den Spionen das Handwerk legen!

**Ende**

Auch wenn du dich in einer Notlage befindest: Du bist kein Einbrecher! Also suchst du nach einer Wasserquelle mit Süßwasser. Nachdem du das Eiland einmal umrundest hast, entscheidest du dich, im Inneren der Insel weiterzusuchen. Dschungel erwartet dich, ein dichtes Dach aus Palmen. Es gibt keinen Weg, und du irrst planlos durch das Dickicht. Immer wieder stolperst du. Dornen zerkratzen deine Arme und Beine, doch du kämpfst dich immer weiter. Der Boden wird feucht. Du hoffst, bald auf Wasser zu stoßen. Der Durst macht dich halb wahnsinnig.
Plötzlich siehst du Spuren auf dem Boden. Du beugst dich hinunter. Sieht aus wie die Abdrücke von Katzenpfoten, nur viel, viel größer. Größer?
Oh, mein Gott, denkst du, hier muss es Tiger oder so etwas geben! Hinter dir hörst du ein Rascheln, du fährst herum. Eine Raubkatze springt auf dich zu – und das ist das Letzte, was du siehst.

**Ende**

102

Das Skelett macht dir keine Angst. Schließlich ist der Kerl schon seit einiger Zeit mausetot. Was kann er dir schon tun? Und die Kiste ist bestimmt randvoll mit Gold! Der Schatz gehört dir! Also tauchst du durch das Fenster zur Truhe. Langsam schwebst du an dem Toten vorbei, blickst auf seine bleichen Knochen.
Halt! Hat sich das Skelett gerade bewegt? Quatsch, denkst du, das war nur der Seegang. Völlig normal, kein Grund zu Beunruhigung.
Dein Puls rast.
Bleib cool, sagst du dir. Ganz cool.
Jetzt stemmst du den Deckel der Truhe hoch. Gold, Edelsteine, Schmuck!
Das ist unglaublich! Ein Traum! Du bist reich, reich, reich! Nur – wie bekommst du die Herrlichkeiten nach oben?
Plötzlich spürst du eine Hand auf deiner Schulter? Eine Hand? Unmöglich! Oder doch nicht?
Langsam drehst du dich um. Du starrst in die leeren Augenhöhlen des Totenkopfes. Dein Herz setzt aus. Dann schließen sich zwei stahlharte Hände um deinen Hals und drücken unerbittlich zu. Zu spät begreifst du, dass der Tote seinen Schatz bewacht und nicht hergeben will.

**Ende**

Ihr habt großes Glück: Die Besatzung eines Fischerboots zieht euch aus dem Ozean. Die Männer sind sehr freundlich. Als sie eure Geschichte hören, sind sie entsetzt über die Grausamkeit des Kapitäns. Sie bringen euch an Land, wo ihr den ganzen Skandal aufdeckt. Auch der Ingenieur, der euch die Wahrheit über die U-Force erzählte, wird befreit.

**Ende**

Nö, so mutig bist du nun auch nicht. Außerdem hast du Angst, etwas an dem Wrack zu beschädigen. Das hier ist ein Fall für Archäologen.
Du tauchst auf und informierst ein Team von Fachleuten. Kurz darauf geht ein Forschungsschiff über dem Wrack vor Anker. Du bist als Taucher mit von der Partie und führst die Archäologen zur Fundstelle. Fachgerecht wird das Wrack geborgen, aufwändig restauriert und in einem Museum ausgestellt. In der Taucherszene bist du jetzt eine echte Berühmtheit.

## Ende

Zuerst willst du Emma durchsuchen. Sie trägt eine Schürze mit einer großen Tasche. Dort könnte der Schlüssel sein! Vorsichtig steigst du vom Bett und machst dich ganz lang. Fast kannst du Emma erreichen, aber leider nur fast. So ein Mist! Die Handschelle schneidet dir tief ins Gelenk und verursacht höllische Schmerzen. Du beißt die Zähne zusammen, streckst die Finger noch weiter aus. Schon berührst du den Stoff der Schürze. Und da passiert es – das Bett ruckt auf dem Teppichboden ein kleines Stück in deine Richtung! Super, du kannst das Bett ziehen!
Aber – geht das auch geräuschlos vonstatten? Egal, das musst du riskieren. Zentimeter für Zentimeter kommst du deinem Ziel näher, dann fasst du unendlich vorsichtig in die Schürze. Ein Stück Metall, ein Schlüsselbund! Behutsam, als hättest du eine Bombe in den Händen, ziehst du den Schlüsselbund aus der Schürze. Du nimmst ihn fest in die Hand, damit kein Schlüssel klappern kann. Du schaust dir die Schlüssel an, wählst einen kleinen, steckst ihn in das Schloss der Handschelle – und kannst sie öffnen!
Mit einem Satz bist du aus dem Zimmer, rennst aus dem Haus, alarmierst die Polizei. Die Beamten wecken Emma und Paul unsanft, und nun bekommen *sie* Handschellen verpasst!

**Ende**

Am nächsten Abend berichten dir Emma und Paul stolz, dass sie ziemlich fit in Sachen Internet seien. Das Lösegeld soll auf ein Schweizer Konto überwiesen werden, das Emma und Paul unter einem Fantasienamen eröffnet haben. Jetzt wollen die Entführer per Online-Banking kontrollieren, ob das Geld eingegangen ist. Emma und Paul drücken sich ihre Nasen fast am Bildschirm platt. Doch irgendwie haben sie ein Problem. Scheinbar sind sie doch nicht so fit im Internet.
„Äh, kannst du uns vielleicht helfen?", fragen sie dich schließlich. „Ist ja auch in deinem Sinne, wenn die Überweisung klappt."
Das könnte eine Chance sein! Du gehst betont umständlich im Internet vor, um Zeit zu gewinnen. Denn du hast einen Plan! Plötzlich steht Paul auf, um auf die Toilette zu gehen. Da bittest du Emma, dir ein Glas Wasser zu holen. Jetzt bist du für einen Moment allein am Rechner! Blitzschnell sendest du deinen Eltern eine E-Mail mit Angaben, wo du steckst.
Eine Stunde später fliegt die Haustür auf und schwer bewaffnete Polizisten stürmen herein. Innerhalb von Sekunden sind die Entführer überwältigt, und du wirst befreit.

**Ende**